ESPINHOS E ALFINETES

João Anzanello Carrascoza

ESPINHOS E ALFINETES

EDITORA RECORD
RIO DE JANEIRO • SÃO PAULO
2010

CIP-BRASIL. CATALOGAÇÃO-NA-FONTE
SINDICATO NACIONAL DOS EDITORES DE LIVROS, RJ

C299e
Carrascoza, João Anzanello, 1962-
Espinhos e alfinetes / João Anzanello Carrascoza. –
Rio de Janeiro: Record, 2010.

ISBN 978-85-01-08908-3

1. Conto brasileiro. I. Título.

10-2303.
CDD: 869.93
CDU: 821.134.3(81)-3

Copyright © 2010, João Anzanello Carrascoza

Composição de miolo: Abreu's System

Texto revisado segundo o novo Acordo Ortográfico da Língua Portuguesa

Todos os direitos reservados. Proibida a reprodução, no todo ou em parte, através de quaisquer meios.

Direitos exclusivos de publicação em língua portuguesa somente para o Brasil adquiridos pela
EDITORA RECORD LTDA.
Rua Argentina 171 - Rio de Janeiro, RJ - 20921-380 - Tel.: 2585-2000

Impresso no Brasil

ISBN 978-85-01-08908-3

Seja um leitor preferencial Record.
Cadastre-se e receba informações sobre nossos lançamentos e nossas promoções.
Atendimento e venda direta ao leitor
mdireto@record.com.br ou (21) 2585-2002

EDITORA AFILIADA

Sumário

Espinho	7
Sol	17
Poente	25
Mar	35
Adão	43
Da próxima vez	59
Coração	69
Dora	77
Alfinete	85
Aqui perto	93
Só uma corrida	103

Espinho

No princípio era o silêncio dos morros, uns de pedra, outros pontuados de capim, e eu não conseguia ver muito à distância, os olhos poucos para abraçar aquelas grandezas. Mas, como se soubesse de mim mais do que eu, André estava ali, para me ajudar. E eu via maior se ele estivesse perto, mesmo no estreito do milharal, quando íamos no lago do São Tomé, as folhagens sufocando o caminho, e, de repente, com sua voz de menos menino, ele dizia, *Olha, já tem espiga*, e aí eu a via, no relance da descoberta, e ele, *Puxa pra frente*, me ensinando a colher – a inesperada alegria.

Chegávamos no São Tomé, o lago quieto, as pequeninas árvores nas suas beiradas, a serra ao fundo, sem fim, se deitando em camadas, não cabia em meu olhar aquela beleza, e André, sentado na grande pedra, dizia, *Primeiro você tem de ver tudo de uma vez*. Eu então olhava o horizonte, e, *Depois*, ele completava, *depois vai vendo de pouquinho*, o convite para enxergar as miudezas. E aí eu me esquecia de mim, me via nas montanhas azuladas, no ipê levitando junto à casa-grande da fazenda, no fiapo de fumaça que saía de sua chaminé, no tufo branco de uma nuvem, nos seixos diante de nós, nos meus pés aonde, por fim, meus olhos, recolhendo-se, chegavam.

Meu irmão e eu, sempre no vaivém da vista. Bom era brincar com ele, ou fazer o que o Pai pedia – consertar a cerca, varrer o terreiro, apanhar erva-cidreira. *Vem, me ajuda,* André dizia. Gostava de companhia, mesmo a dos cachorros, o Deco e o Lilau, e se punha no que fazia, plenamente. Eu lembro a vez em que estávamos armando uma arapuca, agachados na terra batida, e ele se levantou e disse, *Veja, veja,* e eu ergui os olhos – e era o céu azul sobre as nossas cabeças, tão lindo! O céu de todos os dias, mas para se ver diferente, o céu que tirava o peso da gente no seu flutuar.

Com André o mundo se mostrava em novidades, o mundo acordava, e os dias, qualquer um e todos, eram dias de lembrar o que os olhos esqueciam no costume de ver demais, como na manhã em que a Tia Tereza apareceu de visita. Tínhamos ido no pasto, e lá as vacas vagavam, ruminando entre os cupinzeiros, e o sol subia de trás dos morros, as araras deixando no ar o seu rastro ruidoso, o André no seu desejo de crescer, *Pra montar no cavalo do Pai, ajudar ele com os bezerros!* Vimos a Mãe sair no alpendre, e apesar de estarmos longe, meu irmão falou, *Você viu? A Mãe está alegre,* e eu disse, *Pra mim ela está igual sempre,* e ele, *É um outro jeito de alegre.* Fomos para a casa, depressa, e, já nos degraus da escada, ouvimos a falação, a risada familiar, e, lá na cozinha, a Tia Tereza; ela vinha tão pouco ali, mas quanto bem a sua presença fazia para a Mãe, deviam ter sido em criança como André e eu.

E aí eu queria crescer para comprar uma fazenda além da serra e um dia voltar, na mesma situação da Mãe e da Tia Tereza, para ver o meu irmão, a gente já grande, em outras brincadeiras.

Mas aqueles eram os nossos tempos, de criança, tudo eu entendia menor, e ele me ajudava a aumentar. O André era, numas horas, como o Pai e a Mãe, adiantado, cheio dos conhecimentos: sabia, só de ver as estrelas, se ia chover; distinguia entre as ramagens das árvores se o pássaro era sanhaço, tuim, martim-pescador; falava, nas certezas, em qual semana ia começar a colheita no São Tomé. E ele inventava umas artes de a gente só se rir, como a de dizer com o que se pareciam as pessoas, um jogo nosso, de ninguém mais saber: *o Pai? O Pai parece o sol do meio-dia, forte... E a Mãe, André? A Mãe tem os olhos de jabuticaba. E a Tia Tereza? Tia Tereza, ela é a maritaca mais barulhenta! E o vaqueiro João? Olha bem pra ele, o vaqueiro João tem cara de tatu-peba. E os cachorros, André? O Deco. O Deco é como um sapão gordo. E o Lilau? O Lilau parece a Zita Benzedeira. E a Zita Benzedeira? A Zita parece o Lilau.* E ríamos, ríamos, a vida deslizando...

Eu gostava daquelas horas suaves, era como entrar no lago do São Tomé sem ir para o fundo, só na água tranquila do raso, sem os perigos. Mas tinham as horas do coração encolher, o dia terminando, o escuro do quarto. E aí o André comigo: ele me esperava pegar no sono todas as noites, *Pode dormir, eu estou aqui,* dizia, e era exato. Porque, a qualquer minuto, se eu perguntasse, *Você tá acordado, André?,* ele respondia, *Estou,* e me sossegava, *Agora dorme*, e eu rezava baixinho, e o anjo da guarda, que eu via ao fechar os olhos, tinha o rosto dele. E me surgiam os sonhos, uns retalhos misturados de coisas acontecidas, às vezes uma história nova, inteirinha, eu na roça com o Pai, depois com o vaqueiro João cuidando das vacas, e era um quase dia real, até o Deco e o Lilau estavam nele, se enroscando nas pernas da gente, e, de súbito, como na vida desperta, eu ajudava o André a selar o càvalo do Pai, e lá ia ele, a galope, para os morros de pedra, diminuindo, diminuindo, e, já nos verdes da serra, parecia um cisco na paisagem. Mas, num abrir de olhos, ele reaparecia, como se feliz do passeio no meu sonho, e chamava, *Vamos, já tem sol*, a manhã se espalhava em tudo, clareando os campos, a manhã igual à que eu vira dormindo. A gente levantava sem ninguém chamar, como os pássaros, naquela felicidade de voar, e as vacas e os bezerros e os cavalos, todos de pé, assim eles dormiam, porque, ao acordar, já estavam prontos, o mundo recomeçando.

Mas enfiado nessas horas, como cobra na moita, lá estava o mal, guardando-se, e aí, quando a gente num descuido, ele saltava do bem onde se escondia, e vinha, e era como se amanhecesse não o dia em tudo, no seu normal, mas a noite, a noite sem estrelas, sequer os vaga-lumes, os grilos, a noite que doía feito um espinho no pé.

Veio a notícia de que o Zico, filho do Seu Manuel, dono do São Tomé, tinha se afogado no lago. Pai conhecia ele, tinha ido no seu batismo, uma festa de muito boi no espeto, músicos da cidade, o tempo das perdas saía de uma margem e ia até a outra, era a vez do Seu Manuel. O

Pai contava, a festa tinha sido à beira do lago, outro dia mesmo se recordara dela, por sua raridade, as famílias da redondeza juntas na celebração, mas aí parou secamente de falar, parecia que se molhava em outras lembranças. A Mãe dizia, em choro, *Podia ser um dos meus meninos*, e abraçava a gente, *Vocês não vão mais no São Tomé, entenderam?*, até o Deco e o Lilau estavam em hora estranha, eles também sabiam das coisas.

Veio o temporal, desses que se formam, maneiros entre as nuvens, e quando se vê, sendo ainda dia, já o horizonte escureceu, e tudo, com sua água e ventania, ele desordenou no nosso olhar – as telhas do estábulo, o poste de luz tombado, o lameiro à porta de casa e o triste maior: um raio matara dois bezerros que o Pai ia vender no Natal. Quando a chuva sumiu, tão rápida como viera, fomos ver mais de perto o seu recado: o vaqueiro João cutucava com a vara de bambu um dos bezerros que não se movia, como se dormisse no capim; o Pai triste, no seu espanto.

E teve a vez do roubo na casa da Tia Tereza. Ela vivia no sítio do Água Rasa, além da serra das pedras, um lugar que Mãe dizia ser lindo, com uns espelhos d'água para o céu – o sol, os pássaros, a natureza de cima se admirava neles –, mas perto de uma estrada de muito sobe-e-desce. A Tia Tereza tinha ido com o Tio Alceu na cidade, para umas compras, e, voltando, antes de entrar no sítio, viu espalhadas umas coisas suas, reconhecíveis: roupas, travesseiros, panelas. Na casa, um rebuliço; quase tudo, até a estatueta de Nossa Senhora, tinha sumido. A Tia Tereza sofria; quando veio contar para a Mãe, estava no seu avesso. Mas, indo embora, falou uma grandeza: não tinha mais o que perder, e era bom não ter as coisas, porque a gente ficava infeliz com elas, o medo de sumirem. Agora podia ser feliz de verdade, e deu uma risada, e era de novo a Tia Tereza.

Chegavam outras histórias para a gente viver: o André veio correndo, do pasto, o Deco atrás, e disse, *Tem um circo na cidade, o Pai vai levar a gente.* Aí nós dois no alpendre num despropósito de alegria, inventando o nosso circo, os olhos vendo o verde mais bonito, em seu silêncio. Também o sítio do Pai, de repente, começou a amanhecer na maior satisfação, tinha uma diferença nas coisas que eu não sabia explicar, mas ela estava lá, tudo sendo o que era de um jeito mais forte, a Mãe até cantarolava, e, então, o André parou perto de um canteiro, *Olha, veja!* E eu vi o que não via, apesar de tão aberto para mim: as roseiras em flor, os lírios, as margaridas. Entendi: era a primavera. As árvores lá paradas, no igual de sempre, mas com tanta vida, elas quase rebentavam, como as sementes, e os pássaros voavam e alvoroçavam mais, o Deco e o Lilau corriam para lá e para cá com altos latidos, eu percebia as mudanças mas não sabia que eram mudanças, e descobrir com André, daquele jeito, me dava um susto bom, e aí me vinham umas vontades novas, *Vou pegar uma rosa pra Mãe...*

E sem a Mãe saber, um dia voltamos ao lago do São Tomé e sentamos lá na grande pedra para ver a serra. André quis entrar na água, *Vem*, e eu fui, e entramos. Ele nadou até o meio e me acenou à margem, sob a sombra das árvores, e eu lembrava do filho do Seu Manuel, meu coração dolória; ali onde a gente se alegrava, o Zico morrera.

No outro dia, acordei antes do meu irmão, ele ressonava barulhento. Chamei, *Vamos, já tem sol!*, e ele resmungava, queria o sono. A Mãe desconfiou, a mão na testa, *Está queimando*. Fez um chá e pediu, *Fica aqui com ele*, os dois no quarto, uma hora diversa, não estávamos habituados a ficar dentro, a gente era de lá fora. André tentou se erguer, não conseguiu, então falou, *Me ajuda*, *abre mais a janela*, e eu abri, e vimos – as montanhas azuladas no aperto daquele espaço, com fome de se abrir, para o seu tamanho certo, de amplidão.

André rejeitou o almoço, *Tô sem fome, Mãe*, era o enjoo, a estranha canseira. À tardinha, Pai foi buscar a Zita Benzedeira, a Zita cara do Lilau; eu me animei quando ela chegou, o André, não estivesse doente, me olharia, daquela sua maneira, e eu riria com ele, a nossa brincadeira. Zita fez a reza, garantiu melhora e se foi. Mas, na noite funda, André gemeu, tremeu, *Tá frio, tá muito frio, Mãe*, murmurou umas desordens, o vaqueiro João, o circo, o ipê do São Tomé, misturava lembranças com invencionices.

O sol saindo, Pai preparou a charrete para levar André na cidade, o Lilau e o Deco latindo até a porteira, eu e a Mãe no alpendre, olhando, o desejo grande de tirar aquele espinho. Veio a vontade de ter o mundo bom, e eu já via o Pai voltando com André, nós de novo nas nossas vidas, as coisas todas para se fazer, sem os sustos maus. Pai voltou no meio da tarde com a Tia

Tereza. Ela e Mãe se abraçaram sem os sorrisos e as tagarelices, a Tia Tereza sendo outra, faltava nela, o André ia dizer, *A maritaca mais barulhenta*. Vinha para cuidar de mim e da casa, Mãe ia com o Pai passar a noite no hospital.

Mãe não retornou no dia seguinte, e nem nos outros, só o Pai voltava nas manhãs, para cuidar da roça e do gado com o vaqueiro João. Tia Tereza dizia que André ia ficar bom, logo eu ia visitar ele, Tio Alceu levaria nós dois no circo. Eu fechava os olhos e via meu irmão, sorrindo na charrete, no meio de Pai e Mãe, ele chegava muitas vezes de tanto que eu desejava, e a cada vez me acenava, e me dizia, *Vamos brincar, eu sarei*, e corria para o pasto, *Vamos ajudar o Pai com os bezerros*. Mas André demorava. O tempo passava doendo. Ainda mais quando o dia começava e eu abria a janela para a paisagem e lembrava de suas palavras: *Primeiro você tem de ver tudo de uma vez. Depois, depois vai vendo de pouquinho...*

Assim íamos, até que uma manhã, eu e Tia Tereza na cozinha, a Mãe entrou de repente em casa com os olhos de sono, o Pai junto, amarrado no silêncio. O Deco e o Lilau entraram em seguida e se deitaram aos pés deles, sem festa. Mãe baixou a cabeça, Pai tomou as mãos dela nas suas: choravam. Era o começo da saudade. Saí pelo fundo da casa, a verdade vindo, devagar, num voo manso. Olhei os morros de pedra lá longe, o capim nas encostas, as montanhas azuladas. Sem o André, quem iria me ajudar a ver aquela imensidão?

Sol

A menina passava a semana na escola, manhã e tarde, a viver, sim, muitas alegrias, aprendendo, entre o caderno de folhas brancas e o pátio a fervilhar de crianças, o de repente das lições. Um tanto a medo, outro tanto audaz, entregava-se às vivências novas, sem saber que, assim, mais que na sala de aula, ia fazendo a descoberta maior, de si.

Mas era domingo e domingo tinha algo imenso, só dela: o pai. E era tão seu, que bastava pensar nele para se iluminar, a menina, toda plena de seu ser, sorvendo o seu melhor. Porque noutros dias, quando despertava, já ele se fora para o trabalho – regular, como os planetas a girarem no céu, sem que ninguém visse seus movimentos –, e, só à noite, ela o recuperava, ainda que por um tempo mínimo.

Domingo era o sol no coração da menina. E, a felicidade, desmedida, se pronunciava depois do café da manhã, quando a mãe ia para a feira, e ela, a filha, saía com o pai, os dois andando juntos até a praça. Lá, davam-se como não o faziam a semana inteira, eram só para si mesmos, esquecidos das muitas horas que não se viam, ela a tagarelar e rir-se o tempo todo, ele a ouvi-la e ver-se nela, admirado com aquela sua raiz que se espichava, já sem o seu domínio. Estavam orgulhosos de serem quem eram, sobretudo quando viam outros pais e filhos pelo caminho: a menina, na sua mudez, dizia, *Vejam, esse é meu pai*, e ele, em seu silêncio, *Essa é minha filha...*

Pronta, ela o esperava à porta, e, embora parecesse calma, segurando o balde e as forminhas de bichos, transbordava inquietude. O que pensaria nessa espera? O que pensara, minuto a minuto, desde sua nascente, até dar ali, naquele momento-agora? Obediente a seu desejo, chamou-o, *Vamos! Por que você tá demorando?* Mas, enquanto abria a porta, escutou a mãe responder, lá do quarto, *Já vamos, só mais um instante.* Estranhou. Por que "já vamos"? Lembrou-se, então, de que a mãe, no dia anterior, comprara frutas e verduras na quitanda e dissera, *Não preciso mais ir à feira amanhã!* Entendeu o que acontecia e perguntou, *Você vai com a gente, mamãe?*, à espera de ouvir, *Sim, vou*, e foi o que a mãe respondeu, chegando à sala com o pai, os dois em roupas esportivas.

A menina esticou a curiosidade, como o sol que subia do chão para o rodapé. A felicidade, já a seu favor, de súbito, ampliara-se: à diferença dos domingos em que saía só com o pai e dava a ele uma mão, a outra a pender, vazia, agora seguia com as duas enlaçadas, a direita presa à grande mão dele, a esquerda acolhida pela mãe, que carregava para ela o balde e as forminhas. Assim foi, saltitante entre eles, para a praça, experimentando a vida que vinha, invisível, como uma ventania. E era apenas o início, a manhã se estendia a seus pés, e ela a pisava, flutuante, a sorrir. Até cantar, ela cantou, sem saber que o canto lhe brotava da companhia, era difícil estar os três como naquele domingo; o costume reunia-os, diariamente, mas quase sempre, apesar de juntos, estavam sozinhos, cada um no seu consigo.

Breve foi a caminhada, e logo se acercaram dos portões da praça, abertos para recebê-los; a menina se desprendeu dos pais e correu, eufórica, em direção ao *playground*. A mãe alertou-a, *Cuidado!*, chamando a atenção de outras mães que ali vigiavam seus filhos, iludidas também ao pensar que o perigo era menor se estivessem por perto. O pai, acostumado a ver a menina às carreiras, abraçou a mulher e a tranquilizou, *Ela sempre faz isso*, ao que sua companheira, sem muita convicção, emendou, *Ela pode cair e se machucar*, e ele, *Deixe que se divirta*, e, assim, seguiram, revezando-se em apreensões e calmarias.

A menina corria, corria, despreocupada em organizar as suas sensações. Chegou ao *playground*, atravessou a sombra que se alongava pelo gramado e passou por umas crianças que ali, em gangorras e balanços, vazavam igualmente de suas margens. Seguiu até o escorregador, subiu suas escadas e, lá em cima, antes de descer à toda, acenou para os pais.

Chegando ao chão, repetiu a trajetória, novamente no alto, mais uma vez a escorregar e a se rir, tanto que lhe escapou um grito, *Iuuuppppi*, um quase susto de se descobrir viva, como se, de súbito, encontrasse um minuto à frente a menina que ela era nesse momento-antes. Na terceira descida, os pais estavam ao seu lado, tinham vindo para ver a vida que haviam gerado se expandir; *Vai, filha, outra vez*, a mãe a instigou, não que a menina precisasse de uma voz de comando, *Tá bom, eu vou de novo*, era só para que as palavras escorregassem de uma para outra, e elas não permanecessem mudas. Lá foi a menina mais uma vez, e, em seguida, outra, e outra. Até que, estranhamente, enjoou do que há pouco a motivara à correria, e zarpou, veloz: *Agora, o gira-gira*.

Aproximou-se do brinquedo, afobada, arrastando os pais, interessados em ver de perto o que de longe já bem mediam – a alegria da filha. Mas, antes que ela se acomodasse, um garoto atravessou-lhe a frente e se sentou primeiro, à espera da mãe para dar impulso à roda. E essa cumpriu seu dever, não sem antes perceber a menina, *Quer vir também?* Mas ela, tímida, meneou a cabeça negativamente, e permaneceu inerte, só os olhos móveis no garoto que girava, feliz. Os pais a rodearam, *Não quer ir?* A menina se negou de novo. *Só porque tem outra criança?*, a mãe perguntou, e ela, calada, e a mãe, *Os brinquedos são para todos*, e ela, enfim, *Vou pegar o meu baldinho*.

Sentou-se na caixa de areia, as mãos a alternar a pá e as forminhas de bichos, mas o olhar todo cheio do menino, girando. Apoiado numa amurada, o pai a incentivou, *Faz um daqueles castelos*, e a mãe comentou, baixinho, *Ela precisa se misturar com os outros*, e ele, *Às vezes, conversa com todo mundo*, e a mãe, *Vai ver é só hoje*, e o pai, *Pois é*, e a mãe, *Criança é de lua*, e o pai, *Assim como nós...* A menina se distraiu ali algum tempo, criando seus animais nas forminhas. Ao redor, crianças faziam o mesmo, umas compenetradas, outras desejando o brinquedo alheio, entregues todas a uma aparente harmonia. E, mais uma vez, ela se cansou do que antes a interessara. Olhou ao redor, em busca de novo atrativo, e viu as árvores em volta, muitas, o sol perfurava-lhes a galharia, formando manchas de luz na relva; lá adiante, o gira-gira vazio.

Correu em sua direção, e, quando se sentou nele, fez um sinal para o pai. Ele veio dar o impulso inicial e os próximos; e, com a velocidade a subir rapidamente, a menina, a gira-girar, soltou uma risada, e outra, e mais uma, a visão se embaralhando, mãe, pai, crianças, verde, verde, verde, mãe, pai, crianças, verde, verde, verde, e ela dentro dela, a de um minuto atrás e a desse minuto, misturando-se. Depois o pai girou para o lado contrário, e então verde, verde, verde, crianças, pai, mãe, verde, verde, verde, ela depois e ela antes, rindo às soltas. *Agora chega, você vai ficar tonta!*, e tudo parou, e a menina se saiu dali, cambaleando.

Nem bem viu uma gangorra livre, sentou-se nela. A mãe foi quem a ajudou, forçando para baixo a outra extremidade do brinquedo, a filha se elevou, e assim fizeram, muitas vezes. Logo, irrequieta, a menina notou um balanço vago, saltou da gangorra, *Vou lá,* e correu, atravessando quase todo o *playground*.

Ajeitou-se no balanço, como se num ninho, pronta para o voo, de posse de suas plenas virtudes, tudo no natural, mãos presas às cordas laterais, pés a tocarem o chão – e, então, flutuar... Deu um forte impulso e começou a se mover, cada vez mais alto, o olhar indo e vindo pelas muitas árvores da praça, vendo e desvendo as outras crianças.

A mãe foi à caixa de areia e recolheu o balde e as forminhas de bichos. O pai encostou-se num muro, vendo a sua menina se entregar àquele instante, irreversível, como todos, e, por isso, precioso, tão precioso que ela – e mesmo ele – nem se dava conta de sua valia.

A filha os observava do balanço, abaixo a mãe sentada na relva, ao alto o pai coberto de horizonte, a mãe e a terra, o pai e o céu, e ela sol, sol, sol – a menina alegria. E, para saborear bem aquele voo, fechou os olhos e permaneceu, suspensa, naquele macio vaivém. Quando os reabriu, não viu mais os pais entre a paisagem incandescente. Haviam desaparecido.

Assustada, pulou do balanço, ainda oscilante. Chamou-os, em desespero, o coração espetado de sombras. Ouviu, então, a voz da mãe, *Estamos aqui!*, e a do pai, *Atrás de você!* Lá estavam os dois, sentados num banco. A menina respirou fundo: queria crescer, ser suficiente para si, como eles. Mas ia doer. Já doía.

Poente

Quando o homem entrou na sala, a mulher estava à janela contemplando o mar que ondulava calmamente seu azul pela baía.

O sol devorava com voracidade os restos das sombras: seu fulgor era uma ordem para que a felicidade tomasse o leme do dia. Como se naquela manhã luminosa fosse difícil, quase impossível, morrer.

O homem se aproximou da mulher, sorrateiro, igual a maré que às vezes vinha dar a seus pés sem que percebesse. Mesmo de costas, presa à tanta luz que envolvia os espaços lá fora, ela sabia que ele se acercava, não porque pudesse sentir uma vibração no ar, nem por conhecer a suavidade de sua ancoragem. A areia na praia pressente quando a água lhe vem tocar.

Ele parou atrás dela e aguardou que se virasse, para abraçá-la. Ela fez o que o momento pedia: voltou-se e o mirou, mais fundo que o mar agora atrás de si, embora o rosto dele fosse um borrão em seus olhos inundados de sol. A mulher abriu os braços lentamente, e seu gesto dizia,

Venha e fique em mim pra sempre,

mas os braços do homem a enlaçaram de um jeito desesperado, como se dissessem,

Pena que seja a última vez,

e quando, no instante seguinte, se soltaram, o gesto de afastar-se dela dizia,

Pena mesmo,

assim como o passo dele, em recuo, dizia,

Não conheço mais as leis de seu corpo.

Sentaram-se no sofá, lado a lado, como tantas vezes haviam feito para falar da vida – os assuntos fixos e os fugazes –, ou assistir à TV, ou brincar com o menino,

sem perceber que daquela maneira, distraídos para o mundo, estavam decidindo seus destinos.

Mas agora também estavam e o sabiam, o que tornava a percepção do momento solene, apesar de ser só mais um momento, como outros.

A mulher colocou as mãos sobre os joelhos unidos, enquanto o homem curvava a cabeça e olhava os próprios pés.

O silêncio de um se aglutinou ao do outro, e os dois ouviram o ruído distante do menino no quarto, despertando para seus brinquedos, acima do som das marés. O menino, emergido deles. Reconheciam-se nos seus trejeitos; viam-se, em susto, na cor de seus olhos, no contorno de seu nariz; os cabelos da mulher, o sorriso do homem, em outra vida. Água e areia num inusitado desenho. A mistura de dois sonhos transformada em carne. O menino, em sua face raiavam as boas descobertas.

A mulher inclinou-se e perguntou,
E então?
O homem suspirou e respondeu,
Então acabou.
O dia novo se expandia, ainda sujo de noite. Uma harmonia enganadora se adensava no ar.
O homem ergueu a cabeça e sussurrou,
Não pensei que fosse acabar assim;
a mulher, os lábios trêmulos, ia dizer,
Não pensei que fosse acabar,
mas engoliu seu desencanto
e não disse nada.
Seus olhos se agarravam à paisagem que transbordava da baía para a sala, como se a imensidão do oceano, a lavar os grandes rochedos, pudesse convencê-la de que não havia dor capaz de resistir à selvageria daquele azul.
E como se sentissem que só as palavras podiam impedi-los de se afundar, permitiram que subissem à tona, não como peixes solitários, mas em cardumes, beliscando as lembranças.
Foi ela quem iniciou,
Por que deixamos que chegasse a esse ponto?
Ele,
Não sei.
Ela,
Você podia ter me falado.
Ele,
Você também.

Ela,

Cada um cuidou de si e se esqueceu do outro.

Ele,

A gente só percebe o erro quando já o cometeu.

Ela,

Se soubéssemos quando as coisas começam a terminar, talvez pudéssemos fazer algo.

Ele,

Mas não sabemos.

Ela,

Nunca saberemos.

Uma onda morreu na baía, levemente, e o braço do mar acolheu a água em refluxo, como se a ninasse.

Ela continuou,

Só descobrimos o mal quando é tarde demais.

Ele,

Se nada acontece é porque não estamos percebendo o mal agindo.

Ela,

Dez anos pra terminar assim,

e cobriu o rosto com as mãos, o calor das primeiras lágrimas,

como dois desconhecidos.

O homem abaixou novamente a cabeça e mirou os sapatos. Lembrou-se de que fora a mulher quem os comprara. Também a roupa que ele vestia. E o relógio em seu pulso. E a carteira em seu bolso. E a corrente de ouro em seu pescoço. E o pão que comeria no café da manhã. Tudo ao seu redor estava ali, pelas mãos dela.

A mulher respirou fundo, enxugou as lágrimas com as costas da mão e a secou na calça. Lembrou-se de que fora o marido quem lhe dera o dinheiro para comprá-la. Também os brincos em suas orelhas. O xampu que ela usava. O café há pouco coado. Os anéis, todos presentes dele. A dor que a espetava o coração, também.

Quieto, nas suas profundezas, o homem se agarrava a umas recordações; a mulher, a outras. Tudo que acontecera a ele nesses anos tinha a estampa de cumplicidade dela. E cada minuto vivido por ela trazia a marca abrasiva da presença dele. Doía mais saber da fratura que os vitimara do que a fratura em si, o fim se infiltrando.

A mulher,

(era dela a capacidade maior de suportar a tormenta),

como criatura aparelhada para fabricar dentro si, pacientemente, a esperança,

sentia um fio de dúvida, e se havia um tijolo inteiro em meio à ruína, sabia-se capaz de reerguer uma nova cidade a partir dele,

e, por isso,

retomou a conversa,

Não há mesmo o que fazer?

O homem,

se pudesse tentaria represar o sentimento de malogro, a expandir-se com a impiedosa vazante dos dias,

mas,

mesmo se unhas crescessem em seu pensamento para facilitar a escavação nos monturos,

ele não conseguiria encontrar senão tijolos pulveriza-
dos e só teria uma resposta a dar:

Não.

Ela,

mordendo os lábios ante o deserto à sua frente, perguntou,

Nem tentar?

Ele,

com toda sua ternura, para não parecer brutal, disse,

Um remo quebrado é um remo quebrado.

Ela,

então,

fechou os olhos com força,

as segundas lágrimas queimando-lhe a face.

O sol escalava lentamente as paredes da sala, acenden-
do a manhã nos móveis e objetos diante do casal.

O gosto dos dois estava ali, como duas tintas, tão bem
diluídas que resultava numa textura única. Ele e ela fun-
didos na cor das paredes, no estilo da estante, nas pin-
turas figurativas, nos bibelôs. Assim também nos cantos
dos quartos, os chumaços de seus sonhos; nas gretas do
assoalho, as cinzas das horas felizes.

E agora a correnteza solapava tudo.

A mulher soluçou baixinho, enfiada até o pescoço no
instante, como se dentro do oceano, embora no seu fundo
só visse escuridão, nenhuma de suas maravilhas, nenhum
búzio, nenhuma água-viva.

Não sei se vou conseguir,

ela disse, a voz estreita,

e o homem,

abatido,

sim,

por não ter evitado com ela o naufrágio e, em luto mais avançado,

areia a secar na ventania,

disse,

Vai.

Sabiam, a vida se vivia aos trechos. E para se inteirar dela cada um tinha de conquistar regiões do outro ou entregar as suas. Mas havia a retirada. O perigo de ser só alegria já passara – era sempre efêmero. Agora fluiriam os dias doloridos, e não haveria como deter o seu derrame.

Ele prosseguiu,

Vai ser melhor pra todos.

A mulher segurou nos olhos as águas novas, que vinham, ferventes. Disse,

Como vamos fazer?

O homem respondeu,

Amanhã eu saio de casa. Alugo uma quitinete.

Ela,

E as coisas?

Ele,

Dividimos depois. Temos tão pouco...

Ela,

Antes, ao menos, tínhamos um ao outro.

Ele,

Nem isso temos mais.

Ela,

É, nem isso.

Os raios de sol continuavam deslizando pela sala, as sombras móveis, em desenho. Na avenida beira-mar, o vaivém das pessoas se intensificava.

A mulher suspirou,

E o menino? Quando contamos a ele?

O homem viu pela janela a paisagem estourada de luz.

Já!,

respondeu,

pra que adiar?

O mar acariciava a amurada rente à praia, onde um e outro transeunte caminhavam, alheios, pela orla azulada.

Ela moveu a cabeça num sinal afirmativo.

Suspirou e, elevando a voz, chamou, com vigor,

um vigor que a si mesma assustou, pelo seu inesperado, pela sua contundência,

Filho, venha aqui!

O homem completou, num disfarce de coragem,

Vamos conversar um pouquinho.

Os dois então se entreolharam

enquanto o silêncio alagava vagarosamente as paredes ao redor, a sala, a casa inteira.

E, em seguida, partindo-o, vibrou o grito alegre do menino, que vinha do quarto,

Tô indo.

Num instante, eis que surgiu à frente dos pais, um brinquedo na mão, o sorriso fulgurante como a manhã na baía.

O menino, tão cedo para o sol se pôr de seu rosto.

Mar

violenta a água estala e a alva espuma avança rumo à areia e os olhos ardidos pelo sal, os lábios se abrem e ele ri, o meu menino, e já outra onda avulta, cresce e se arma e *pega essa, pai,* e vamos, lado a lado, o impacto líquido nos corpos, e ele ri novamente, a prancha amarela, pequena, o meu menino, e o sol se esparrama pelos espaços, o avião perfura o céu com a faixa **Proteja a sua pele com Sundown,** e nós dois, alinhados, mais uma vez, a volumosa onda, e ele acerta o tempo e a alcança na ascendente e nela desliza, peixe áereo voluteando, e vai, levado, o meu menino, e eu me viro para a praia e o vejo, vindo, o rosto como a proa de um veleiro, e acima de seus ombros os guarda-sóis coloridos, as crianças com suas boias e seus brinquedos, gente em passeio de uma ponta a outra, e os vendedores se arrastando na praia, *Olha o mate gelado!, Vai castanha de caju, doutor?,* **Milho verde, milho verde,** às minhas costas o alto-mar, de onde as ondas se soltam, *pai, pai,* e vem uma forte e me solavanca, eu em redemoinho, e ele se diverte com meu descuido, as águas incessantes, vagas que brotam de vagas, e o rumorejar oceânico, o rumorejar, e nós, nós dois, banhados pelo mesmo instante (a imperceptível alegria), e violenta a água, um jet ski rasgando a superfície azul à nossa frente, estala, a alva espuma avança, estapeia a areia, os olhos ardidos pelo sal, os lábios se abrem e ele ri, e eu, *fecha a boca, pra não engolir água*, o meu menino, e aquele vaivém e vem-vai, a maré dos minutos que não percebemos passar para sempre, os minutos tão plenos e já desfeitos como a espuma, e depois a pausa, *demais, foi demais*, o vento acalma a febre de nossa pele bronzeada, e os comentários à sombra, eu e ele nas cadeiras de alumínio, o melado do sorvete, *quero um Chicabom, pai*, seus cabelos escorrendo pelos meus olhos sedentos para vê-lo sorrir, e vem a mulher vendendo espetos de camarão frito, *Não, obrigado*, e logo o velho, com um saco de lixo, *Posso pegar as latinhas vazias?*, o gosto quente do verão, um descanso mínimo, porque ele, *vamos, pai, vamos*, infatigável, como se descobrindo seu elemento, o mar, o mar, o mar que chama, o mormaço queimando em surdina, fatias de mim nele, e outra vez, e outra, e outra onda, *aquela é boa, pai*, e lá vai ele, e a água passa como um pesado pássaro sobre nossas cabeças, *ah, não deu, quebrou antes*, e eu desvio a atenção, uma jovem mergulha e emerge da espuma, vênus nascendo à minha vista, mas, *uma pena*, ela não cabe no meu momento, o mar, o rumor da arrebentação, os ruídos que irrompem da orla, e eu o vejo, e ele vem voltando, vai se posicionar para a manobra, desajeitado, o meu menino, no susto das primeiras lições, tanto mar ainda pela frente, e lá no raso um casal joga frescobol, o som da bola numa raquete, toc, na outra, toc, *Vamos nessa!*, toc, toc, e depois a bola no fofo silêncio da areia, e outro avião, *Skol, a cerveja que desce redondo*, e de novo a muralha de água se ergue e, violenta, se desfaz sobre nós, e eu o procuro entre os outros banhistas, nada à vista, nada, e então remiro na mesma direção, e eis que, de repente, seu rosto raia, e eu me reconheço nele, na água que ele é de mim, e o momento me empurra a sorrir, talvez assim ele perceba – e anos mais tarde compreenda – que a felicidade só é felicidade por ser finita, ouço o apito do salva-vidas, e que desfrutá-la é estar unidos, mesmo entre tanta algaravia, nos nossos surdos segredos, a correnteza, nem notamos, nos levou metros adiante, ali perto a placa **Perigo**, e eu o aviso, *Pra lá, filho, pra lá*, e nos movemos, lentos, nos movemos, o freio da água nas coxas, e logo estamos leves como antes, a vigilância se esfuma, e ele se diverte, e se reencoraja e entra atrasado na crista e, glugluglglu, leva um caldo, *hahahaha*, ele correndo para recuperar a prancha, e eu repito, *fecha a boca, pra não engolir água*, e meus olhos ardem pelo sal, e vejo ali outro pai-e-filho, iguais a nós, os dois se molhando de si, esse daquele, aquele desse, as diferentes águas do mesmo mar, o mar, o seu azul no azul que nos falta, o sal, pai, de onde vem?, *o sal, filho, é feito do mar e faz o mar ser o que é*, o mar, as substâncias no entra e sai dos corpos, e eu sei o que há de doce nele vindo de mim, tanto quanto o amaro, e, assim,

saltamos para a luz de muitos outros verões adiante, as mudas de sonhos, e tudo e nada alterados, e ele mudo, as areias da ampulheta caem, grão a grão, fazendo o grande, fluindo na quietude, e as reviravoltas, as bem e as mal sentidas, os rochedos, as chuvas inesperadas, as noites vazantes, as manhãs de recuo, e eu, sem me dar conta, já uns cabelos brancos, no chuá dos anos renovados, *Nossa, como cresceu*, o meu menino, tão longos os seus braços, o brinco na orelha, a tatuagem na perna, a prancha comprida, preta, de especialista, Deus, o quanto se aprende e nem se percebe enquanto a vida, a vida, só passados uns trechos, de uma praia a outra, da face imberbe, a água, a alva espuma, ao rosto sombreado pela barba, os pelos que furam a pele, o sol que torna sólido o dia nascente, o sol que seca a placenta, e, sim, de repente eu o vejo homem, ele maior do que eu, e quanta coisa vivemos juntos, para se ter à mão, e que se aderiram à nossa pele feito marcas, os indícios do que somos, como a folha da palmeira é a palmeira em folha, esse nariz igual àquele, as mãos tão parecidas, a voz, *pai*, vigorosa, um eco escapa de meus lábios, *filho*, as moléculas se misturam, as lembranças oscilam, umas sobre as outras, um tubo, um *drop*, ele de peito, a tranquilidade de ouvir os sons que ele produzia em seu quarto, como se eu não precisasse dele nem ele de mim, fingindo ambos que o mar não tem fim, e o mundo renasce toda manhã, o mundo, desperto, vasto, com seus tesouros enterrados e suas ilhas inalcançáveis, e entre nós, entre duas pessoas, entre todos, sempre um mar para se atravessar, e no embalo, Pedro, Paulo, Tiago, os amigos, *vamos descer a serra, pai,* e eu, e *quando voltam?*, o carro ligado, as pranchas no capô, *domingo!*, o apito, como de outras vezes, tão jovens, o mar agora é deles, tempo de usufruir suas ondas, de sorver sem consciência o sabor da água elemental, de descobrir os cabos, as baías, os promontórios, os bancos de areia, os continentes submersos, tempo de desprezar os faróis, os sinais da arrebentação, o cheiro da brisa, somos o que somos, *pega essa, pai*, as crianças com seus baldes, do pó viemos ao pó voltaremos, a vida nasceu no mar primevo, o mar lhes pertence mais que a mim, naveguem, naveguem, que só me resta boiar, eu já sei, as suspeitas, eu a cada dia mais adiantado no mar, sei quando a correnteza puxa antes mesmo de me molhar, a placa **Perigo**, a onda que vem vindo, as forças se esvaem, o que vem lá adiante, sei, as suspeitas, a definitiva onda, o mistério que me aguarda, a ancoragem natural, e vêm as horas, e não importa a espera, a areia vem, a música do celular, *alô*, a notícia, e posso imaginar como tudo aconteceu, a água, violenta a água estala, violenta a água estala, violenta a água estala, violenta, e a alva espuma avança, a alva espuma avança, glugluglugu, e meus olhos ardidos pelo sal, *fecha a boca, pra não engolir água*, e o silêncio agora me sobrevoa, e eu vejo seus lábios fechados, o meu menino, pra sempre, lá no mar, no mar, no fundo de mim, e outra onda e outra onda, o sal ardendo meus olhos, o sal, o sal

Adão

O homem mirou os cabelos do menino, sentado na caixa de engraxate, a seus pés, e disse:

Tenho saudades dela, Adão. Canta aquela marchinha pra mim!

O menino ergueu a cabeça: saíram de seus olhos os desenhos da costura do sapato; entraram o rosto do homem e a luz do poste ao fundo. Aprumou-se e deixou vazar o canto:

O teu cabelo não nega
Mulata
Porque és mulata na cor
Mas como a cor não pega
Mulata
Mulata eu quero o teu amor.

Enquanto cantava,

Tens um sabor
Bem do Brasil
Tens a alma cor anil,

o homem,

imóvel,

tentava refazer com o grafite da memória a face da mulher que o abandonara,

A lua te invejando fez careta,

embora fosse melhor o carvão da realidade para traçar o seu retrato,

Porque mulata, tu não és deste planeta,

e se lhe doía a saudade, a canção, por um minuto, consolava-o, ele até já abria um sorriso, o que era um milagre, dois em verdade – também era para Adão, tão poucos motivos tinha esse menino para se alegrar.

Vivia com o pai nos fundos de um bar, longe daquela esquina, onde ganhava uns trocados como engraxate, e outros para cantar o que lhe pediam. Muitos queriam ouvi-lo, tal a graça com que interpretava as canções, batucando em sua caixa, imitando os instrumentos com a boca,

Ah! Se tu soubesses
Como sou tão carinhoso
E muito muito que te quero...

Começara a cantar depois que a mãe adoecera e, tão breve quanto um refrão, partira para sempre. No chão de terra batida, Adão se entretinha com seus toscos brinquedos, a mãe lavava e estendia roupas no varal, cantarolando. Ele a ouvia, embevecido, mesmo sem saber o significado de muitas palavras que nasciam de sua voz. Já desconfiava que o som delas atraiçoava; a palavra dor, tão bela, não dava conta de tudo o que restara nele quando a mãe se fora; a palavra cruz, não lhe doía pronunciá-la, mas, ele sabia, tão pesada era de sentidos...

O pai saía para o trabalho; Adão, ficava em casa sem fazer nada. Um dia deu para cantar trechos de músicas que escutara da mãe, a memória fervia, como se os versos pudessem trazê-la de volta e a palavra mãe deixasse um ar de palavras na palavra silêncio.

Não demorou, o pai arranjou-lhe um emprego, balconista no bar de seu Jonas, onde o rádio ficava o dia inteiro ligado – e foi lá que aprendeu outras canções. Tinha facilidade para guardar os versos, quase sempre rimados, a palavra dor chamava a palavra amor, embora a palavra amor pedisse quase sempre a palavra flor antes de brotar, e outras muitas palavras-mães que puxavam palavras-filhas, tão simples de serem reconhecidas. Se para os outros a palavra pássaro voava sem que pudessem segurá-la, fácil era para Adão, como se a palavra céu estivesse em suas mãos e, em direção a elas, voasse a palavra pássaro.

Sabia dar a cada palavra o tom que a música pedia. Os fregueses viviam a comentar,

Esse garoto vive a música,

Ele sabe ir ao fundo de cada letra,

Canta melhor do que muito profissional,

ou o diziam em silêncio, sorrindo, enquanto ele se incumbia de chamar as palavras, como um pastor, aos seus verdes cantos.

Mas o pai, inesperadamente, desentendeu-se com seu Jonas, proibiu o menino de trabalhar no bar, e, para que não vadiasse, avisou,

Vou te fazer uma caixa de engraxate.

No início, Adão só engraxava, agarrado à sua mudez. Mas já dentro dele as músicas se debatiam, querendo saltar, inconformadas em ser apenas palavras-silêncio.

Uma tarde, ao passar a flanela no sapato de um velho, uns versos lhe escaparam, baixinhos,

Bate outra vez com esperança o meu coração
Pois já vai terminando o verão,

e, quando se deu conta, cantava, e se calou, constrangido.

Mas o velho apreciou a amostra,

Sabe o resto dessa música?,

ele respondeu,

Sei.

Inteira?

Inteirinha.

Então canta!

Adão cantou, pela primeira vez para outra pessoa, sem o peso da palavra pássaro, mas com a leveza dele, e o espanto de seu voo:

As rosas não falam
Simplesmente as rosas exalam
O perfume que roubam de ti,

e o velho suspirou, como se a palavra rosas pudesse trazer no seu som o desenho de suas pétalas, e o som da palavra perfume pudesse ser sorvido em todo seu aroma,

... quem sabe sonhar com os meus sonhos, por fim.

O velho disse,

Garoto, você canta com a alma,
e deu a Adão duas moedas.

Bastava uma para pagar o serviço, o menino se apressou a alertá-lo,

Olha o troco, senhor,
mas ouviu, em resposta,

Fica pra você, é pela música...

A notícia de seu talento se espalhou pela cidade, não por essa exibição, mas porque, sem medo, dali em diante, ele se pôs a cantar, em meio aos seus engraxes, outras músicas, igual a mãe fazia na lida com as roupas. Não tardaram os pedidos:

Adão, canta Camisa Listada.

E o garoto, feliz,

Vestiu uma camisa listada e saiu por aí
Em vez de tomar chá com torrada ele bebeu parati,
as palavras engatilhadas, à espera do tiro de sua voz,

E sorria quando o povo dizia: "sossega leão, sossega leão!"

Adão, canta Aquarela do Brasil!

Brasil, meu Brasil brasileiro...

Adão, canta Conversa de Botequim.

Seu garçom, faça um favor de me trazer depressa
Uma boa média que não seja requentada...

E a Volta do Boêmio, *Adão?*

Boêmia...

Aqui me tens de regresso
E suplicante te peço
A minha nova inscrição...

e, se não sabia o que era a palavra boêmia, Adão sabia que era uma palavra, e, se palavra era, não podia ser maior que o seu entendimento.

Veio o tempo em que dispensavam a graxa nos sapatos, pediam só a canção,

Adão, canta Marina *pra mim.*

Marina, morena
Marina, você se pintou
Marina, você faça tudo
Mas faça o favor
Não pinte este rosto que eu gosto
E que é só meu
Marina, você já é bonita
Com o que Deus lhe deu...

e ele se esmerava, porque se era bom cantar para si, melhor para quem o ouvia; atenuava duas dores com as mesmas palavras, e eram às vezes palavras tão simples, como *pau, pedra, caminho;* havia até umas rudes, mas ele percebia que não era a palavra sozinha que remediava, a palavra-palavra, mas o fato de estar no meio de outras, uma reverberando o eco dessa, e essa daquela, a palavra antes de uma e seguida de outra, e essa sendo a primeira de uma nova frase, mesmo se nela a palavra solidão fosse a menos solitária, ou a palavra silêncio a que mais gritasse.

Quer engraxar, seu Valdo?
Não, só quero que você cante Sinal Fechado.
Olá, como vai?
Eu vou indo, e você, tudo bem?

Tudo bem, eu vou indo correndo
Pegar meu lugar no futuro. E você?

Adão passava assim o seu tempo, o dia longo na esquina, as mãos no engraxe dos sapatos, curvado em reverência aos fregueses. Mas só quando cantava é que se sentia suave, como se vivesse a vida dos que haviam criado as músicas, enquanto a sua mesmo, ele a preservava – a palavra cruz em luz se derretia.

Em casa, à noite, o vozerio no bar de seu Jonas. E o ronco do pai. E a cantoria dos grilos. E o zunir da ventania. E o radinho de pilha que Adão sonhava comprar. A mãe se descolava da palavra mãe e da imagem que, na memória dele, ela era, e, de repente, se materializava ali, viva-mãe. O mais era desolação, até que a madrugada gerasse a manhã. E o sol no rosto. E o cheiro do café. E o pai se indo.

E amanhã?
Amanhã
está toda a esperança
Por menor que pareça
existe é pra vicejar
 Amanhã
Apesar de hoje
Será a estrada
Que surge
Pra se trilhar
Amanhã
Mesmo que
Uns não queiram

Será de outros
Que esperam
Ver o dia raiar
Amanhã
Ódios aplacados
Temores abrandados
Será pleno.

O longo caminho até a esquina, Adão e sua caixa, a ver os pássaros bicando a polpa do dia nas arvres, que assim ele pensava se escrevia árvores, sempre a palavra dita e a que, fechando os olhos, ele via escrita na sua mente, como se visse o dentro de sua imaginação, e essa diferente daquela, e ambas distintas da palavra cantada, que essa não era a palavra-água, translúcida, quando dita, nem a palavra-terra, esculpida, era a palavra-ar, voando, como um pássaro entre os galhos, daqui para o ali do dia.

Ele se esquecia de si, vendo o vaivém das vidas, e aí surgia um novo serviço,

Dá um trato nessa bota, Adão;

Capricha, Adão, é meu calçado de ver Deus;

Deixa este sapato um espelho, Adão, e me canta Gota d'água.

Já lhe dei meu corpo, minha alegria
Já estanquei meu sangue quando fervia
Olha a voz que me resta
Olha a veia que salta
Olha a gota que falta
Pro desfecho da festa
Por favor, deixa em paz meu coração

Que ele é um pote até aqui de mágoa
E qualquer desatenção, faça não
Pode ser a gota d'água.

Tão linda era a palavra água, mas triste dizê-la, não era água chovida, mas água que evaporava para se transformar em nuvem e depois chover. E encher o copo. E transbordar.

Pode ser a gota d'água
Pode ser a gota d'água.

Meio-dia. As crianças saíam da escola, rumo a suas casas, Adão as via, solitárias ou em grupo, e ele ali, imóvel.

Devorava um salgadinho mais tarde *na lanchonete*
Andar com a gente
Me ver de perto
Ouvir aquela canção do Roberto,

recordando sempre esses versos ao entrar lá, a palavra lanchonete na memória tão distinta da palavra-verdade à sua frente.

O homem da lotérica, rodeado da fumaça de cigarro,
Cuida bem do meu cromo alemão, garoto, e canta Trem das Onze.

Essa a mãe cantava bonito, nos dias alegres, as pedrinhas de anil na bacia com água à espera das roupas, o varal de arame farpado erguido com bambu,
Não posso ficar nem mais um minuto com você
Sinto muito amor, mas não pode ser
Moro em Jaçanã (**Jaçanã, que lugar seria esse?**)

e ele a ouvi-la, crescendo a olhos não-vistos, como a grama nas gretas do quintal, num dia rala, noutro já imensa – porque a vista não via a vida se arvorar senão quando ela, vida, já se arvorara,

E além disso mulher, tem outras coisas,

e o homem da lotérica se ria e falava,

Garoto, o Adoniran ia tirar o chapéu pra você,

a flanela lustrando,

Minha mãe não dorme enquanto eu não chegar,

mãe, mãe que não parava de doer nele, e as palavras, a sede de decifrá-las, de se aquietar com elas, elas só, ou nas músicas, passarinhas, o céu azul, os dedos da mãe dissolvendo, na água da bacia, as pedrinhas de anil,

caiscarinhodum caiscarinhodum caiscarinhodum...

O sol furioso até as três da tarde, Adão sob a marquise, na sombra. Se conseguia algum dinheiro, ia à sorveteria,

Um picolé de uva, seu Zeca,

e a moeda já sobre o balcão.

Mas se era dia fraco, entrava lá embrulhado no silêncio, ficava bestando, os olhos lambendo o sorvete dos outros.

Quer alguma coisa, Adão?

Não, obrigado, seu Zeca!

Quer ganhar um picolé?

Ele dizia sim com o cabeça,

Então canta Tarde em Itapoã...

Um velho calção de banho

O dia pra vadiar

Um mar que não tem tamanho

Um arco-íris no ar (**que lindo era o arco-íris! Uma vez ele vira um, depois da chuva, as cores todas lá, riscando o céu num meio círculo...**)

Cantava, cantava, e seu Zeca satisfeito, já abrindo o freezer para pegar a sua recompensa

É bom passar uma tarde em Itapoã

(onde seria Itapoã?)

Falar de amor em Itapoã,

e Adão, de volta a casa, nas dobras da noite, só queria dormir, dormir,

Dormir nos braços morenos

Da lua de Itapoã.

Por vezes, engolia a janta e saía de novo na noite. Hora boa, os homens em busca de mulheres nas ruas mal iluminadas, uns esperançosos,

Canta Alegria Alegria, *Adão,*

... Espaçonaves, guerrilhas,

Em Cardinales bonitas...

Bomba e Brigitte Bardot (**Deus, o que significavam aquelas palavras?**),

outros desanimados,

Canta Olê Olá, *Adão,*

e ele,

Não chore ainda não

Que eu tenho um violão

E nós vamos cantar,

e então a melancolia se evaporava de seu pensamento,

Que a noite é criança

Que o samba é menino

Que a dor é tão velha,

e ele era só as palavras que fluíam, ele canto,

... tão imenso

Que eu às vezes penso
Que o próprio tempo,
Vai parar para ouvir,
as palavras voejando em sua mente como beija-flores,
Olê olê olá!
Aos sábados a noite fervilhava de gente, Adão ia para a praça, assim pegava quem vinha da igreja e o povaréu que se juntava na rodoviária, uns chegando, outros partindo para cidades de nomes estranhos: **Catanduva, Pinhuí, Cajuru, Uberaba, Caconde, Altinópolis.**

Um cobrador de ônibus lhe prometera o rádio, já com pilha, por vinte reais; o cunhado era guarda de estrada, apreendia muambas, dava para ele vender baratinho,
Traz o dinheiro que eu te vendo na hora.
O menino ia se erguendo, despequenino, pronto para que lhe pedissem música,
Adão, canta um samba do Paulinho da Viola,
Tinha eu catorze anos de idade
Quando meu pai me chamou
Perguntou-me se eu queria
Estudar Filosofia, Medicina ou Engenharia
Tinha eu que ser doutor.
Mas a minha aspiração
Era ter um violão...
Agora aquela outra, Adão: Foi um rio que passou em minha vida,
e ele já emendando:
Se um dia

Meu coração for consultado
Para saber se andou errado
Será difícil negar...
Meu coração tem mania de amor
Amor não é fácil de achar
A marca dos meus desenganos
Ficou, ficou
Só um amor pode apagar!

De grão em grão, Adão conseguiu o grande: a quantia para comprar o rádio de pilha.

Foi à rodoviária, entregou suas economias ao homem. Pegou o aparelho e, imediatamente, o enfiou na cavidade de sua caixa, junto às latas de graxa, à flanela, à escova de lustro.

Rebentava de alegria.

Sentado sobre a caixa, como se estivesse a chocar um ovo, ria à toa, um radinho só para ele, quantas músicas não iria aprender?

Ligou o aparelho. O som eclodiu, sujo, coruscante. Sintonizou melhor, como um mágico a transformar o lenço branco em pomba à frente de todos: não era música que vinha, mas notícia,

O Presidente Lula inaugurou hoje...

Girou sem pressa o seletor, passando por várias estações, uma chiadeira danada, pedaços de conversas, e, então, o trecho de uma música,

A felicidade é como a pluma...

Parou ali, o coração estrondava no peito,

Que o vento vai levando pelo ar,

como se a palavra felicidade tivesse se transformado na palavra tudo e a palavra tudo nada era se nela não coubesse a palavra mãe.

Pensou nela,

Voa tão leve

Mas tem a vida breve

Precisa que haja vento sem parar,

a mãe, se estivesse ali, iria cantar com ele aquelas músicas.

Desligou o rádio, como se recolhendo de uma só vez todos os sons num saco de silêncio.

A lua despontava no céu. Adão rumou para casa, olhos nas alturas, pensativo. Lua, palavra tão curta para conter aquela grandeza que levitava sobre a sua cabeça. A palavra-lua, só pensada, era pura escuridão, enquanto a palavra-lua, dita, ganhava a beleza luminosa da coisa que designava, e melhor, a palavra-lua, na música, ganhava o sol da voz.

Enquanto caminhava, subiam estranhamente aos seus lábios palavras correspondentes ao que ia vendo,

muros, casas, postes, placas, árvores, bueiros.

Adão não sabia direito se nomeava as coisas ao vê-las, ou se elas é que iam surgindo a seus olhos, ao nomeá-las. Ele não era mais a palavra menino, mas o menino mesmo, a gerar o homem que um dia seria.

Da próxima vez

Foi de repente que eu soube, pelo telefonema da Mãe, no meio-dia de meu trabalho, quando saía para almoçar.

– Sua avó não está nada bem – disse ela.

Era a rude notícia, lá fora o sol tão radioso para uma sexta-feira; a vida exigia ser saboreada como uma fruta, diretamente na árvore.

Então, tomado pela certeza de que aquelas palavras significavam mais do que diziam, senti o alarme dos pressentimentos em meu coração.

– O que foi com a Avó, agora? – perguntei, vendo pela janela os carros passando, indiferentes, na avenida,

e, antes de ouvir a resposta da Mãe,

– O pulmão,

eu já decidira visitá-la no dia seguinte, mudando os meus planos para o fim de semana. Adiara ir noutras oportunidades, mas essa era a vez, a vital, não as já vividas, nem a próxima.

Quinhentos quilômetros nos separavam. Não era distância demais; maior, bem maior, seria percorrer os anos de saudade que tinham se estendido entre nós – essa, sim, uma longa rodovia, onde eu já a resgatava nas pistas da memória, antes do frente a frente, o aguardado reencontro.

O sábado amanheceu com chuva e um vento sólido de doer o corpo.

Arrumei sem pressa a bolsa de viagem, uma muda de roupa bastava, e, já ali, me lembrei de que ela me guiava os gestos, eu esquecido de que havia tantas coisas suas no meu ser, de homem atual:

– *As coisas pesadas embaixo* – dizia a Avó. – *As leves por cima.*

Tempo em que eu viera morar aqui, na capital, estudante de comunicação, e ela me ensinara a fazer mala. A Mãe chorava, impotente, pelos espaços da casa, enquanto a Avó tomava o comando, pegava das roupas, as mãos ágeis riscadas por veias grossas – as primeiras camadas de minha bagagem. Os seus olhos, azuis azuis, me liam, me enleavam, e ela a mim creditava coragem:

– *Vai dar tudo certo!*

Mal entrara no carro me vinham umas lembranças leves, e a Avó puxando todas, o motor do meu pensamento, e, dentre as muitas, ela na varanda, aguando seus vasos ao entardecer, sumindo entre as samambaias gigantes, as rendas portuguesas, as hortênsias, ressurgindo detrás dos xaxins, das violetinhas, das roseiras. Ela, tão ela, quieta e satisfeita, em meio às suas plantas. Como se sempre, para o meu olhar.

Antes da partida, parei numa floricultura do caminho, comprei-lhe um buquê de flores do campo, a Avó merecia o cultivo do meu agrado.

E chovia, chovia. Eu iniciando a ida, embora em mim fosse uma volta.

O asfalto úmido espelhava os veículos, as primeiras placas da estrada, a paisagem triste, de árvores descabeladas, os campos esmaecidos. E, ao contrário, ela no fulgor de minha infância, nos meus dias iluminados, de inconsciente alegria, a sua face me aparecendo forte.

Na memória eu engatava aquele tempo em que vivia o espraiamento, a época de somar descobertas, antes que as perdas silenciosamente viessem e, aos poucos, nesse hoje, me tomassem por inteiro. Aquele tempo, um borrão de cores vivas, felizes, no meu caderno de caligrafia. De não esquecer. Depois que crescemos, a felicidade, a gente só a tem se o destino se distrair um minuto.

A Avó me aparava as unhas com a tesourinha, enquanto me contava histórias, a Avó fazendo os bolinhos de chuva que eu pedia, a Avó a sacudir a velha panela para o estralar do milho-pipoca, a Avó soprando meu ferimento que sangrava pela queda da bicicleta,

e eu,

– *Está doendo,*

e ela,

– *Vai passar!*

E passava. Passava. Eu ainda ignorante de que no grão da ampulheta, ou na moeda atirada para o alto, a vida é apenas essa alternância: a mal ou a bem-vinda novidade.

Aos avanços do carro, outras lembranças dela floresciam, enevoando meus olhos. Quando vamos encontrar alguém, já no caminho nele pensamos, e, tanto tempo sem ver a Avó, eu não tinha o nosso presente para pensar, só o vivido com ela, tão passado, as boas coisas no meio das não, como o leite quente que ela me fazia quando minha boca se enchia de feridas da febre – o gosto de ser cuidado.

Ela operava milagres que eu só descobri mais tarde. A um menino os afagos lhe parecem normais, como se barquinhos de papel pudessem navegar, incólumes, na água grossa da enxurrada. A Avó, no seu macio, fabricava esperança em mim, quando, indo dormir em sua casa, na escuridão do quarto, antes de me ver sozinho,

eu murmurava,

– *Estou com medo,*

e ela, me acariciando os cabelos,

– *Vai passar!*

Que eu falasse com o meu anjo, nas minhas palavras mesmo, que eram as que ele entendia, as únicas, e eu me amoleceria com a conversa, quando visse, adeus medo, olá sono.

Assim, também, os vários anos no Dia dos Pais: na escola, a gente se desenhava com o nosso pai, os dois juntos, uma árvore, a bola de futebol, a casa, a mãe ao lado. E como o meu pai, filho dela, partira cedo, eu a buscava, sentindo a toda ausência dele,

e a Avó,

– *Você está triste?*

No meu nada dizer, tudo eu dizia,

e ela,

– *Vai passar!*

O vazio. Sorte que não nos abismamos com ele a todo minuto; se fosse assim, viver seria o inútil, o amargo do paladar que nunca passaria; sorte que na miudeza dos dias, por trás dos instantes, vem o urgente de ser, e vamos sendo, desligados de nossas faltas.

E vinham as demais lembranças: a Avó silenciosa na varanda, tecendo o seu crochê, mas de ouvido nos meus passos,

– *O que você está fazendo?* – ela perguntava

sempre que eu engendrava uma estripulia,

como se dentro de si o radar do sangue sinalizasse que eu me colocava em perigo.

Enquanto a Mãe no trabalho, a Avó comigo, o melhor de nós no pegar juntos a carona das horas, fazendo algo, ou sendo feitos pelos inesperados, como a chuva, os raios riscantes no céu, os trovões estourando tão perto, eu a me abraçar nela, trêmulo:

– *Não para nunca!*

– *Vai passar.*

Aquelas recordações, às tantas, como se me dizendo o quanto eu me povoara de outras, esquecíveis pessoas. Mas, agora, eu me enriquecia dela, de novo.

– Onde eu estava esse tempo todo, sem a Avó, nem na memória? – eu me perguntava.

Mas o tempo, o tempo, só nos damos conta de que ele já se foi, nunca de que ele está indo, o tempo não nos deixa perceber seu acontecimento.

Eu no carro, revendo-nos lá atrás e vendo à frente as plantações encharcadas. As distâncias diminuíam; mas a chuva continuava, persistente. Até que, de súbito, ao vencer uma subida, um rasgo de claridade no horizonte à minha vista me instou,

a chuva,

sussurrei para mim mesmo,

– Vai passar.

E segui, reanimando-me, em prudente velocidade.

O caminho minguava aos poucos. Em mim se expandia a expectativa. No além das montanhas, a Avó me reabitava.

E cheguei, por fim.

A cidade da infância, tão outra nos meus olhos se comparada à da memória.

Por minhas palavras ou não, a chuva se resignara.

Redesenhada adiante, a casa dela, tão pedra e tijolo que se erguia quase irreal. Lá no fundo, tantas vezes eu subira nas árvores, a colher diretamente as frutas, as jabuticabas, as laranjas, as mangas. O mundo sem intermediários, o mundo era o sol naquele quintal, a certeza da Avó ali, recolhendo as roupas no varal.

– Vem!

A Mãe me recebeu na varanda. Beijo, abraço, e nós dois cúmplices nos disfarces, como se um não querendo fazer a pergunta, nem o outro respondê-la. Tudo estava na mão do instante, que ele próprio conduzisse. E o instante me conduziu pelos sinais da Mãe até o quarto da Avó.

Ao vê-la na cadeira, envolta na coberta, os olhos fechados, os cabelos brancos reunidos num coque, o semblante pálido, percebi os mil braços de sua esperança tentando se mover. No silêncio da hora, tudo parecia normal, ela descansando de um mal-estar apenas; mas dentro de mim tudo se exagerava, vazava para a borda da verdade. A verdade estava no quieto da Mãe, na sua confirmação muda, e não fora, na escrita ao redor.

Na bagagem, era tempo de tirar as coisas de maior peso. Aproximei-me, sem os anos todos que eu tinha, obediente à presença da Avó, homem que se voltava menino. Sentei-me na banqueta à sua frente.

A Mãe falou que eu estava ali, viera

– Só pra ver você!

E ainda trouxera flores do campo.

– Lindas...

Ela abriu os olhos – o seu azul já abandonara o azul de minhas lembranças – e sorriu timidamente. Estendeu a mão e me tocou os cabelos, como se reconhecesse seu trabalho em mim, como reconhecia seus pontos de crochê, tão pessoais.

– Outro susto a senhora me deu – eu disse.

A Avó suspirou. Ela conhecia o movimento das águas. E, muda, parecia lutar contra outra chuva que ameaçava desabar no quarto. Inclinou-se, tentou me dizer algo, desistiu.

– Não se esforce – disse a Mãe.

– O que a senhora sente? – eu perguntei.

A Avó buscou as minhas mãos. Envolveu-as nas suas.

– Falta de ar – respondeu, a voz longe.

– Vai passar – eu falei.

Ela fechou os olhos e disse:

– Vai.

Ia, podíamos sentir. Para sempre, dessa vez.

Coração

Era dezembro, o ano estava por terminar. Chegaria o verão e, mais uma vez, a família iria à praia, ao coração do sol. Naquele dia, ele tinha oito anos. Acordara feliz, como é próprio de meninos, mas, sem entender o motivo, sentia-se inquieto. Talvez porque as aulas logo acabariam e já lhe doía separar-se dos amigos. O mundo ia lhe ensinando assim: dava a ele um encanto e depois o quebrava. Por isso desejava crescer depressa, para entender esse mecanismo. Ou, talvez, estivesse preocupado porque o pai fora à escola saber como ele, o filho, se saíra nas provas finais.

Mas, sem o que fazer com o seu sentimento – apenas o sentia –, foi se ocupar com o que lhe era de gosto e de direito naquela idade: os brinquedos.

Colava figurinhas no álbum, a vida vivendo nele – e na irmã, mais nova, que se distraía com seu Lego –, quando ouviu o portão ranger. Podia ver o pai, em pensamento, a subir os degraus da escada, cruzar a pequena varanda, tocar a maçaneta da porta. E, quando ele a viu girando, pelo lado de dentro, ergueu-se, os olhos abertos para que o pai entrasse neles, plenamente. E o pai entrou, e sorriu, ao encontrar ali, na calmaria da sala, os seus filhos.

A irmã, afoita, correu e se dependurou no pescoço dele. E, então, com as figurinhas numa das mãos, a cola na outra, o menino percebeu que estava tudo bem, a manhã em progresso, a paz no pai como o azul no céu.

Também foi ao seu encontro, e o pai, devolvendo a filha ao chão, abraçou-o. Em seguida, vieram umas palavras, que sempre pareciam maiores, porque passavam antes pela sabedoria dele, *Parabéns, filho!* A professora dissera que ele era um bom aluno. Tinha se saído bem em tudo: nos ditados, nas redações, na avaliação de matemática. Havia orgulho na voz do pai, e os olhos, os olhos dele resplandeciam, como se não tivessem, igual a todos nós, nascidos para se fechar.

A irmã, imatura para tantas coisas, mas não para o ciúme, perguntou, *E eu?* O pai acariciou seus cabelos e disse, *Você ainda não está na escola.* Mas, tinha certeza, quando ela estivesse, seria uma ótima aluna. E, um dia, nos saltos que o tempo dá, ele a veria, não mais a seus pés, mas à sua altura, de posse de muitos saberes.

O menino estendeu-lhe o álbum e disse, *Olha, falta pouco pra completar...* O pai agachou-se, mirou, uma a uma, as páginas quase cheias, entregando-se àquele momento como se fosse o mais importante de sua vida. *À tarde, vamos comprar mais umas figurinhas*, prometeu, o que atiçou o menino – nele iam se ampliando, rápidas, as margens da alegria.

O retinir de uma panela ecoou, era a mãe na cozinha, o pai se levantou para falar com ela. O filho sentou-se no sofá e folheou o álbum de novo, imaginando-o completo. Lembrava-se de outras ocasiões em que as palavras do pai produziam milagres, como nas noites de temporal, quando as luzes oscilavam até tudo se tornar escuridão, *Está tudo bem!* E apesar dos relâmpagos e trovões que fuzilavam o céu, ele sentia a alma se encharcar de coragem. Agora, também se sentia confiante, aquele dia era de se pegar na memória, como um lápis de cor preferido.

Da sala, ouvia a voz do pai e a da mãe se alternando, cortadas aqui e ali pela água da torneira, e eram bons aqueles instantes em que a conversa dos dois, vinda de longe, pousava ali levemente. Logo, veio o aroma terroso do café, o cheiro de um tempo em que ele ainda ignorava o mar no verão; a vida, uma névoa mais espessa.

O pai voltou à sala, abotoado em seus silêncios. O menino sabia que era hora de não perturbá-lo, de só admirá-lo a ponto de se esquecer dele, num falso esquecimento; porque, no fundo, era um distrair-se para dentro, e lá dentro também estava o pai, em vigorosa presença.

A irmã derrubou as peças do Lego e deu uma gargalhada. O pai sorriu para ela, sentou-se na poltrona e começou a ler o jornal. Não demorou muito, tirou a camisa, *Filho, abre a janela, está calor demais.*

O menino atendeu o seu pedido, e o imitou, desnudando-se também. Depois, foi guardar o álbum no quarto e retornou com um gibi. Foi entrando aos poucos em suas páginas, apagando-se para acender-se naquela história, não mais a sua, que o aguardava retornar, silenciosa, como a camisa sobre a cadeira.

A irmã mudara de brinquedo: as peças do Lego pelo chão, esquecidas; a boneca diante de seu rosto, a ouvir seus conselhos, como uma filha.

Foi então que aconteceu.

O pai fez um gesto brusco, um dos braços, rígido, não o obedecia. O jornal caiu de suas mãos. A cabeça pendeu para trás, a boca buscava o ar com dificuldade. Os olhos não se moviam, fixos na janela, por onde o sol e o vento entravam suavemente, negando a desordem das coisas. *Chame a sua mãe*, murmurou.

O menino correu para a cozinha, a sombra do medo em seu encalço. Quando voltou com a mãe, o pai pendia na poltrona. Ela o amparou, tentando entender o que acontecia, mas ele, a custo, disse o que todos sabiam, até mesmo a filha, *Estou passando mal.*

A memória modifica os fatos, mas o menino, naquele dia de dezembro, viu a mãe gritar ao telefone, sacudir o pai imóvel, gritar novamente ao telefone, chorar, gritar, até que um vizinho apareceu, depois outro, e outro, e a sala, de súbito, se encheu de gente.

Alguém o levou com a irmã para o quarto. Deram a eles água com açúcar e, enquanto diziam que o pai iria ficar bem, a sirene desesperada de uma ambulância se aproximava e, logo, chegou tão perto da casa que parecia nascer das suas paredes. Então emudeceu.

Um vozerio se derramou pela sala, ruídos novos, um baque de coisas se quebrando, assim também no menino algo se rompia.

A sirene voltou a gritar, e foi se afastando, se afastando, até o silêncio sangrar novamente.

Uma tia veio ao quarto falar com os dois. Mas o menino se afastou dela, queria ficar só, com o seu susto. A janela, à sua frente, revelava o céu azul acima das casas. Ele se encolhia, como um pássaro, momentaneamente inapto para o voo.

Onde estaria a mãe? Quem eram aquelas pessoas?

O aroma do café voltou, de repente. O telefone tocou várias vezes, alguém o atendeu em sussurro.

Naquele dia, tinha apenas oito anos. Era dezembro e o verão chegaria. Lembrou-se da praia, do pai que havia pouco chegara da escola, sorrindo. Então, o menino sentiu uma dor funda, sem esperança de um dia não ser mais dor. E compreendeu que jamais iria, outra vez, com ele, ao coração do verão.

Dora

Não quero me recordar, mas se fecho os olhos as cenas voltam, bailando em minha memória, desde a primeira, no consultório, quando o médico abriu o envelope com o resultado dos exames e disse, *É o que eu mais temia*, e Duda que se casaria duas semanas depois não aceitava, não, aquilo não podia acontecer com Dora, *Pede outro exame, doutor,* e o médico, *Não é preciso*, o importante era iniciar logo as aplicações, *É melhor não contar nada a ela*, e nós saímos à rua, zonzos com a cruz daquela verdade às costas, e meus olhos se recusavam a ver o mundo que em breve não teria mais a suave presença de Dora. E Duda vociferava, *Não pode ser, não pode ser,* e eu tentava acalmá-lo, *Você tem de cuidar de seu casamento,* e ele, *Vou desmarcar,* e eu, *Ninguém vai entender, Dora vai desconfiar,* e ele, *Não, não,* e eu, *Vamos manter a festa,* seria a oportunidade para ela rever, quem sabe pela última vez, alguns parentes distantes, e ele protestava, ao volante, *Que desgraça!,* e os exames no banco de trás eram uma silenciosa certeza que, de repente, arrebentara as fundações de nossa felicidade.

O que vamos dizer a ela?, eu pensava, porque, apesar de enfraquecida, ela estava esperançosa com o novo tratamento, talvez pudesse retomar logo seu trabalho na escola, *Já estou de licença há vinte dias*, reclamara, *As crianças não podem ser prejudicadas*, e Duda, *Mana, puseram uma substituta, não se preocupe*, e Luana, *Deixa que sintam um pouco a sua falta*, e eu, *Cuidado, Duda, dirige com atenção*, e as lembranças brotavam como uma avalanche, e eu já nem escutava as buzinas, o ruído dos motores, e Duda, *Não posso casar, com ela nessa situação!*, e a noite abissal caíra em minha alma, e eu tentava entender o vazio que me sufocava e só pensava, *Por que Dora?*, era ela, com seu bom humor, que tornava mais leve o fardo dos nossos conflitos familiares, era Dora quem juntava as peças de nossa história perdida no emaranhado dos fatos, e Duda roía com raiva os ossos daquela sentença e dela não se desgrudava, *Não pode ser, não pode ser*, e buzinava, buzinava, como se aquele som prosaico dissesse, *Estamos perdendo uma pessoa que amamos*, e eu já me sentia abandonado, vomitando solidão. O sol descia lentamente além dos edifícios, aqui e ali recortados pela luz das janelas, e seus raios se espalhavam sangrentos pelo horizonte, e eu não conseguia ver Dora como uma criatura turva; ela era barro, sim, igual a todos nós, mas a bondade a cozinhara a altas temperaturas, e lhe dera a transparência dos vidros, pela qual eu podia ver os mecanismos da vida funcionando em desordem dentro dela e, sem ouvir a minha própria voz, *Calma, Duda, não vá piorar as coisas*, eu me via, no futuro imediato, a procurar os ecos de seu riso, de seu canto, de suas palavras sempre grávidas de esperança, e, subitamente,

Deus!, espremi a dor que me dilacerava e falei, *Assim estamos matando Dora*, ela ainda está no meio de nós, *Temos de aproveitar cada minuto em sua companhia*. Mas Duda não aceitava, o inconformismo se imantara nele, *Ela já se foi, ela já se foi*, ele dizia, e eu, *Não, não, ela ainda tem algum tempo*, e Duda mudava as marchas nervosamente, queria avançar, como se desejasse deter o inevitável que, no entanto, vinha em surdina e não se sensibilizava com o nosso pesar. Chegamos em casa, atônitos, e mal vi o rosto de Dora à janela, ela nos acenava, feliz, rodeada pela noite, abaixei os olhos a custo represando os sentimentos controversos que me sacudiam, preparando-me para dizer a maior de todas as mentiras, *É uma inflamação brava, demora pra sarar, mas com a sua ajuda...*, e foi isso o que eu disse, à mesa, diante do prato de sopa que não me descia, *É o calor, perdi a fome*, mas Luana, esperta, captara a verdade em meu semblante, e a apanhara como uma pedra à beira do silêncio de Duda, enquanto ele me apoiava movendo afirmativamente a cabeça, e Dora, *O que foi Duda?*, e ele, reunindo cada migalha de sua coragem, *Tô preocupado com o casamento*, e ela riu, tão docemente ingênua, ignorando a dimensão do mal que logo a arruinaria, porque, apesar do aspecto frágil, era ainda a Dora vazando vida que nós conhecíamos desde menina, os sinais do mal represados por um fiapo de saúde. E, como era insuportável admitir que ela estava de partida, mais do que convencê-la que tinha apenas uma inflamação, exagerei nos detalhes, afirmando que logo ela estaria bem melhor, *É hora de sair dessa vida boa*, e, de repente, me vi eufórico, tanto que Luana entrou no jogo e, cúmplice, apanhou o pão e fez um movimento dissimulado, como se dizendo, *Assim, ela vai perceber*, e por meio de olhares, dialogamos sem que Dora notasse, e esquecemos que a indesejada nos observava, com a sua foice fria, e pareceu-me, ao observar o céu, sentado depois à varanda, que tudo retornava ao seu lugar, Duda se casaria, Dora começaria o tratamento, o mal jamais nos atingiria. E, então, veio o dia seguinte e, *Temos de ser práticos*, disse Luana, *Você a leva pra fazer as aplicações, reveza com o Vado, um dia você, outro dia ele*, e Duda só ouvia, tão menino ainda, tão próximo da felicidade conjugal e, ao mesmo tempo, tão estupefato, porque Dora o mimara desde pequeno, e Luana pegou em sua mão e disse, *Vamos chamar mais umas pessoas pra festa*, e ele, *Por quê?*, e ela, *Pode ser a última vez pra Dora, vamos convidar a tia Vera, que ela não vê há anos, e o tio Pedro, padrinho dela*, e, à festa de casamento de Duda se aderia outra, sorrateira, da despedida de Dora. Fomos reprogramando tudo, enquanto os dias avançavam, impiedosos, justamente quando mais queríamos que passassem devagar, e Dora ia às sessões, *Acho que agora vou sarar*, dizia, reanimada, e eu confirmava, *Claro que vai*, e torcíamos para que as drogas não a debilitassem mais, e nesses dias as nossas palavras se misturavam, por vezes nem sabíamos se tinha sido Luana ou Vado quem comentara que o cabelo de Dora estava caindo, *Já dá pra perceber na parte de trás*, e quem confirmara, *Ainda bem que na frente nem se nota*, eu disse, ou foi Luana, e Duda, *Se o casamento demorar mais uma semana, vai ser pior*, e Vado, *Ela está animada, nem parece tão doente*, e, então, cada um se enterrava em sua dor, até que as tarefas cotidianas nos arrancavam novamente do território da perda e nos atiravam à vida que tínhamos de enfrentar por Dora. Tentávamos nos motivar, *Vamos, nada de desânimo*, dizia Luana, *Come, Duda, você vai precisar de energia na lua-de-mel*, e Vado, *É nessas horas que a gente se supera*, e eu, *Nós somos fortes*, e Dora, lá da sala, *O que vocês tanto cochicham?*, e Luana, os olhos úmidos, *Nada, maninha, o Duda está fazendo regime*, e eu, *Não quer casar com uns quilinhos a mais*, e Dora, *Mas assim você está lindo*, e ele, quieto, pensando no peso de sua alegria que viera em hora tão imprópria. Assim, as duas semanas passaram, velozes, Dora começara a enfraquecer visivelmente e, quando abri a porta do carro para que entrasse, bela no vestido azul-marinho, comentei, *Puxa, que elegância!*, e, por um momento, acreditei que não existia mal nenhum a devastá-la silenciosamente, e ela respondeu, *Estou tão feliz por Duda*, e em meus olhos se misturaram uma porção de recordações de quando éramos crianças, das quais ela emergia sempre sorridente com seu cabelo loiro e encaracolado, e dei a partida bruscamente, como se a minha ira pudesse deter o fluxo das horas fatais que manava e, em breve, nos alcançaria. E, talvez porque visse uma sombra se formar em meu rosto, Vado disse, *Enfim, chegou o grande dia!*, e espantou o sofrimento que teimava em se grudar a mim, e Dora, abrindo o vidro do carro, suspirou, *Vamos!* E então fomos e, ao chegarmos lá, já alguns convidados transitavam e Luana, *Melhor ela ficar naquele canto*, e Vado, *Ali não, venta muito*, e Dora, *Por que tanta preocupação?*, e eu, *Vou chamar a tia Vera e o tio Pedro*, e Duda, metido num terno negro, aguardava a noiva, olhando o tempo todo para o relógio, e eu sabia que a sua ansiedade não era pela troca das alianças, mas para abreviar ao máximo a festa e poupar nossa irmã. Não demorou, a noiva entrou, e Dora, *Ela está tão linda!*, e tia Vera, *Adorei o buquê de jasmins*, e, quando Duda a beijou, Luana, *Acho que vou chorar*, e Vado, *Você sempre desaba em casamentos*, mas ele nem se dera conta de que as lágrimas de Luana eram menos para Duda e mais por Dora que sorria sem saber de sua própria condição. As bodas se iniciaram, a festa seguiu normalmente, e, às altas horas, Duda, *Garçom, mais um uísque*, e já ao lado de Dora, e ela a abraçá-lo, a acariciar-lhe os cabelos, e eu tentando dissipar a névoa que cobria meus olhos, e, *Que felicidade estarmos juntos hoje!*, disse Vado, meio embriagado, e eu sabia que ele em realidade dizia, *Que pena que não estaremos mais juntos amanhã*, e, assim, cada um buscava superar a ameaça iminente, e, então, foi a vez de os noivos cortarem o bolo, e Dora, contra a nossa vontade, erguer-se para dançar com Duda, *Você vai se cansar*, Luana protestara, e ela, *Só um pouquinho*, e Duda a todo custo tentava se manter firme, até que se agarrou à noiva, dizendo a Dora, *Pronto, maninha, descanse um pouco*. Mas ela não queria parar e, em meio aos rumores alegres, ao tilintar dos copos, ao vozerio dos convidados, os moinhos do tempo funcionavam surdamente, em marcha lenta dentro de uns, mais rápido em outros, e com força máxima em Dora. Ela queria dançar e sinalizou para que eu a acompanhasse como nos bailes de nossa juventude. Estendi-lhe a mão e comecei a dançar, fingindo uma felicidade que, só quando ela partiu para sempre, percebi ser a mais legítima que eu sentira.

Alfinete

Estremeci com o ruído nervoso do despertador. Há anos acordava em silêncio: ela, como se tivesse o sol nos olhos, era quem me chamava, a voz leve soprando a manhã em mim, *Está na hora, querido!*

Não ouvi a sua respiração, a quentura do lençol vinha do meu próprio corpo, não adiantava apalpar o outro lado da cama, só a ausência estava ali, a dividir comigo metade do ar do quarto, metade do arrepio de começar uma nova vida. E não havia o peso e as volutas do cobertor com o qual ela se cobria, fosse inverno ou verão.

Mas havia o menino, no outro quarto, e ela estava em seu sono, como uma membrana de cristal, e na curva de seus lábios como uma inabalável realidade.

Levantei-me e segui para o banheiro, um gosto pesado na boca. Lavei-me, o rosto no espelho, nem confiante, nem desolado, apenas os traços que me diferenciavam dos demais, que permitiam ao menino me reconhecer como seu pai. E a ela, até dias antes, como seu homem. Pelo vitrô, percebi o dia já claro se aderindo aos espaços – à rua, ao casario, ao céu mudo. A manhã operava independente do meu ver.

Havia no cheiro do ar um prenúncio de angústia. Mas eu precisava esmagá-lo e assumir as rédeas de meu novo destino.

Entrei no quarto dele devagar e me aproximei de sua cama. Ignorava como acordá-lo; era sempre ela quem o fazia, com suas delicadas palavras e seus gestos macios.

Na minha falta de jeito, receoso de me exceder nas levezas, corri os dedos pelos seus cabelos e sussurrei, *Filho!*

Ele se moveu, bruscamente, como se cada despertar seu, a partir dessa manhã, fosse sempre um susto.

Porque também era o seu primeiro dia.

E, antes mesmo que ele acordasse inteiro, eu sabia o quanto a falta dela lhe doía.

Ele esticou as pernas e se espreguiçou. Esperei, calado, seu regresso à vida que nos aguardava para vivê-la, fora das margens do sono. Como se ainda num útero, ele mirava a sombra à sua frente, embora soubesse que era eu quem estava ali, sentindo o mesmo espanto.

Os minutos se moviam em nós, com distintos ponteiros, e, sem esperar mais, eu falei, *Levanta, filho!*

Abri uma fresta da janela, o sol saltou por ela e se agarrou à parede, feito uma segunda pele.

Fui cuidar do café da manhã – mais um desafio, depois que o despertador me devolveu à solidão.

Faltava-me a prática: eu não me recordava onde ela guardava a leiteira, o bule do café, a tostadeira. Nem sabia como pôr a mesa com a sua graça e perfeição. Mas, sem milagres, as coisas surgiram quando abri os armários, como se a vida toda eu as conhecesse, como se me fossem íntimas.

Pelo som do *Cartoon Network* na sala, constatei que ele já se lavara e vestira seu uniforme escolar. Seguia à risca o ritual que aprendera com ela, e logo eu iria dar um nó mais forte em seu tênis e pentear-lhe os cabelos, era esse nosso pacto, e meu dever desde sempre. Até então, era o único momento do dia que nos tínhamos, plenos, um ao outro. Ela era de fato quem convivia com ele e, à noite, quando eu voltava, encontrava-o sempre dormindo.

Preparei seu leite com *Nescau* e as torradas de que tanto ele gostava. Ouvi seu riso inesperado e, por um instante, pareceu-me que as perdas, próprias da nossa condição, ainda não o habitavam.

Vem, filho!, eu chamei.

O som do *Cartoon* cessou.

Seus passos, flutuantes, o trouxeram à cozinha.

Bom dia, eu disse.

Oi!, ele respondeu. E sentou-se no banquinho, ocupando o seu lugar à mesa.

Observou tudo ao redor, curioso, a verificar se eu me saía bem.

Tem de colocar o pão outra vez na tostadeira, ele disse.

Não me custava o gesto de servi-lo, mas convinha alertá-lo das suas obrigações dali em diante.

Então, coloque!, eu disse. E completei, *Você precisa ajudar.*

Ele pegou as duas fatias do pão de forma e encaixou-as na grade da tostadeira, acionando seu funcionamento.

Acomodou-se outra vez e provou um gole do leite.

Está bom?, perguntei.

Tem Nescau *demais*, ele disse. *Mas eu gosto.*

Pegou um biscoito e o mordeu. Os lábios não eram mais tão finos, o tempo apagava aos poucos a criança que o arvorara.

As torradas pularam da tostadeira. Ele as colocou num pratinho. Roeu uma com gosto, os dentes sadios e fortes – herança dela. De mim, legaria outros atributos, não tão rígidos, como o coração.

A luz da manhã não iluminava completamente o seu rosto, mas agia em suas pernas que balançavam debaixo da mesa.

Que aulas você tem hoje?, perguntei.

Ele respondeu, *Matemática, História e Geografia.*

Ótimo, eu disse. *Tem futebol?*

Tem, ele respondeu.

Capriche nos chutes, eu falei.

Vou caprichar, ele disse. *Do jeito que você me ensinou...*

Olhou-me de relance. E, em seu olhar, eu vi que ele me amava, apesar de mim.

Mesmo inquieto – as muitas mudanças –, senti-me feliz em tê-lo comigo, vivendo aqueles instantes esquecíveis.

Agora, vai escovar os dentes, eu disse.

Nem precisava. Mas dizê-lo, antes de meu dever de pai, era minha maneira de assegurá-lo que a vida para nós seguia.

Coloquei a louça suja na pia, recolhi a toalha e a sacudi no tanque. Era o que ela fazia todas as manhãs, em meio a tantos planos, tantos sonhos, tantas alegrias.

Na sala, os brinquedos dele estavam espalhados, uma desordem que me incomodava, mas eram as marcas de sua estação de menino sem as quais a casa seria só paredes e lembranças.

No banheiro, encontrei-o à minha espera. Penteei-lhe os cabelos, lisos e curtos, e pareceu-me que tocava os dela, tão iguais eram, até na cor.

Ele se manteve imóvel, e, logo que terminei, sorriu e me fez uma careta, como todos os dias, tentando me convencer de que tudo ia bem. E o que eu mais desejava naquele momento era estar mesmo ali, vendo-o no espelho, como, às vezes, se pode ver o azul que faz o azul.

Ele ainda retocou a franja com os dedos, baixou a tampa da privada e sentou-se nela – a senha para que eu me aproximasse.

Agachei e apertei bem o nó de um de seus tênis; depois, desfiz o nó do outro, que estava frouxo, e o amarrei forte.

Pronto!

Ele foi para a sala, eu para o quarto me vestir. Entre nós, as portas abertas, e assim seria agora, na falta dela.

Quando voltei à sala, ele mirava a rua pela janela, a mochila às costas, em silêncio. Eu sabia que a saudade o feria como um alfinete. Podia tocá-la com a mão, mas não tinha o poder de retirá-la.

No carro, apesar de conhecer o caminho, ele olhava tudo como se pela primeira vez, e era a primeira vez que tudo se mostrava a ele – e a mim –, sem ela.

Ele encostou o queixo atrás de meu banco, como se precisasse se acercar mais para se sentir seguro. O trânsito, nessa manhã, não se movia. E, ao invés de amaldiçoá-lo, contentei-me. Poderia ficar um pouco mais com ele, mesmo sem dizer nada. Só a sua presença me bastava.

Esse seria o nosso tempo de convivência até o fim da tarde, embora, ao deixá-lo, eu continuaria a ouvir a voz dele em mim, e, diferente da ausência dela – taça que não poderia mais encher –, ele estaria vazando das minhas recordações e tremulando em meu olhar como uma bandeira ao vento.

Quem vem me buscar?, ele perguntou, revelando a verdade que o desordenava por dentro.

Agora serei sempre eu, respondi.

Estacionei o carro e disse, *Boa aula!* Ele me deu um beijo e saltou, a mochila a escorregar-lhe pelo ombro. Passou pelo portão da escola, entre outras crianças, e foi se afastando, lentamente.

Tínhamos tanto a aprender. Era só o nosso primeiro dia.

Aqui perto

O menino ia à casa dos tios, noutra cidade, passar uns dias com os primos. *Vai ser bom, você verá*, a mãe disse, a vida sendo melhor se a gente em boas companhias. Ele tão sozinho, sem irmãos... Os amigos vinham à sua procura, muitos, e sempre os mesmos. As férias, compridas; valia abrir-se para novas amizades.

Se viver pedia larguezas ao menino, doía tudo o que nele aumentava. Por isso, quando no jantar soube da viagem, entristeceu-se, até o fundo. Preferia ficar ali, com os seus brinquedos, na sua quase felicidade. Mas, *O mundo é lá fora*, o pai dizia, *O mundo é lá longe...*

Por que o obrigavam a ir, se o queriam bem? Se eram uns para os outros boas companhias? Agiam ao contrário do que lhe ensinavam ou ele é que não aprendia direito? *Mas mãe! Pai, eu...* Em vão. Estava resolvido e pronto. Não podia decidir por si. Só quando crescesse. E crescer era aquele povoar-se, aos poucos, de contrariedades.

Sentou-se num degrau da escada, a cabeça entre as pernas. Nem partira e já queria voltar, com saudades de tudo. Sofria a surpresa da notícia. Não cabia na sua compreensão o momento, tão pequeno ele era. Foi ver TV e tentou esquecer, como se pudesse atrasar a verdade, enquanto se fortalecia, distraindo-se, para enfrentá-la mais tarde. Depois, recolheu-se em seu quarto. Lá, em silêncio, os olhos de quem acaba de acordar, viu a mãe arrumando a mala. Satisfeita, até cantarolava, nem percebia o desamparo dele.

Então, deu-se o milagre. Não de uma vez, mas no lento das horas. Tão lento que o menino nem notou: já era o dia seguinte, o tio que ele mal conhecia viera buscá-lo. Ao vê-lo, a esperança ficou um pouquinho espaçosa. O tio fazia umas graças, não para animá-lo, era o seu natural. Até os pais riam com ele na cozinha, onde a mãe lhe servia o café.

Logo estavam na estrada, o sol ia subindo aos poucos, as árvores se espreguiçavam, havia tanto que ver lá fora, lá longe... O tio dirigia, tranquilo, querendo conversa: do que ele gostava de brincar? Em que série estava na escola? Jogava futebol? Torcia para qual time? E a paisagem... Não era bonita a paisagem? *Olha lá*, uma revoada de passarinhos no céu; umas moitas secas corcoveavam lá adiante e, num segundo, próximas, revelavam-se viçosas.

O tio explicava, ali uma plantação de cana, *Está vendo?*, agora uma de milho, e lá os cafés, grãos negros à espera de quem os colhesse. E os carros, os caminhões, as cidades que apareciam e em seguida sumiam, a estrada se desdobrando como um tecido a seus olhos. O menino ia vivendo o que tinha de ser, e via no sorriso do tio o da mãe, e se esquecia, levemente, de suas dores, sentindo que era bom estar ali, distanciando-se. Não era ainda uma hora azul. Mas já não sentia tanta ameaça.

De repente, estava no portão da casa, havia um jardim com flores bem cuidadas, os primos o recebiam com vivas, a tia sorria, *Nossa, como você cresceu!*, e ele atônito, ampliando-se entre aquela gente que se fazia querida. Como podia a cor das coisas mudar, assim, em poucas horas? Era a realegria.

Os primos: um maior, e o outro, menor, quase de seu tamanho. Logo o arrastaram para o quarto, onde se puseram a mostrar seus carrinhos, *Pode escolher um*, a brincar de um jeito espontâneo, e eles, eles o tratavam como se fosse um dos seus, desde sempre, *Vem, vem, olha aqui...* O menino entendia depressa, com o coração.

Depois saíram para o quintal, e foram outras descobertas. Os primos tinham um cachorro, *Pode passar a mão, ele não morde, não*; uma tartaruga, e ela ia tão lenta – igual o menino saindo de sua solidão –; e rente ao muro, a boca do formigueiro fervilhando, *Tá vendo?*, as formigas se seguindo, amigáveis. E as laranjeiras, ele nunca tinha visto uma. As laranjeiras onde vinham dar uns pássaros lindos: nos vazios entre as folhagens seus rastros coloridos, um sabiá que amarelava ali, um azulão que se desgalhava da árvore, o tatalar de asas, subindo ao céu.

O menino sentia a luz da manhã, entrando nele. Tudo ia alargando a sua vida, o mundo diferente não parava de vir: a tia, agora com os cabelos presos, perguntava se ele gostava de macarrão. Gostava. *E carne moída?* Também. E, súbito, um estremecimento, um toque brusco em seu pé, ele saltando, a medo. A tartaruga! Ela andara tanto até chegar ali, nem percebera. Os primos riam. Um deles a pegou, deu um peteleco no casco, passou o dedo pela cabecinha enrugada, sussurrou algo, como se ela o entendesse. *Toma*, disse ao menino, *Pega*, e a colocou em sua mão. Ele nem teve tempo de recuar. Como pesava...

O primo maior o puxou pelo braço, *Vem, vem ver*, e o levou ao escritório do pai. Quando o menino entrou, foi o espanto. Viu, de uma só vez, como quem olha uma paisagem, a estante enorme, ocultando toda a parede, e, enfileirados em suas prateleiras, livros, livros, livros. Ficou vendo os detalhes, tantos, o borrifo colorido das lombadas, as suas espessuras, o sobe e desce dos formatos, a agradável desordem dos volumes.

O primo subiu numa escadinha, apanhou um livro na última prateleira, abriu numa página e mostrou o desenho de um homem e uma mulher nus. *Olha como é*, e apontava o sexo dela, *É pra dentro*, e ria, sabido, cutucando o menino que enrubescia – não pelo que ele via, mas por ver com alguém.

Foram para a varanda. Sentaram-se nas cadeiras de plástico, os pés flutuando, sem roçar o ladrilho, lá e ao mesmo tempo fora de lá, aéreos, numas conversas suas. Agora o dia ia intenso, o sol alagava tudo, a rua de pedras cintilantes, as casinhas desbotadas. O jardim, pequeno, rápido de se ver, mas para se ver muitas vezes, sem se cansar. Na calçada, o primo menor acenava, exibindo-se no patinete. O menino também se mostrava, num à vontade que ele mesmo ignorava, ele sendo confiável.

O tio chegou da rua, e atrás do seu sorriso, novamente o menino via o sorriso da mãe. Esquentava a lembrança dela, mas não queria gastá-la, era tempo de nada tirar da memória, mas de pôr o que então estava vivendo – os primos, a tia chamando para o almoço. O macarrão, já tinha comido outras vezes, mas aquele estava bom, e era um bom diferente, um bom que se apurava porque ele ali, entre a família.

Veio a sobremesa, gelatina arco-íris, tão saborosa não só de comer, mas de antes se olhar. E aí o fato maior, que maravilhou o menino, pelo bonito de ver e rever: os pratos e copos e talheres passeando de mão em mão. Ele não imaginava aquela corrente. Mas ela começou, no normal de se reorganizar as coisas: a tia se ergueu, foi levando as louças para a cozinha e começou a lavá-las. O primo maior foi secá-las com um pano. O menor, tomando o seu posto, já as guardava no armário, enquanto o tio retirava a toalha e a sacudia no quintal. O menino, será que não podia ajudar? *O que posso fazer, tia?* Ela sorriu, *Você pode varrer a cozinha*, e ele obedeceu, humilde e feliz.

Foi a vez da tarde: a sessão de desenho animado na TV, o futebol na calçada, umas brincadeiras novas, outras já conhecidas, e todas lhe pareciam melhores do que antes, em sua casa; ali, com os primos, ele se expandia feito um balão.

E continuava... Uma hora atrás da outra: a do lanche, a do banho, a do jantar. O dia que nunca envelhecia. Já lá para trás do pensamento ficavam a mãe e o pai. Na varanda, à noite, tão lindo, de repente, ver as estrelas, nas alturas; o menino, tão perto de si, dos primos, quase que ele as tocava, as estrelas, era uma grandeza vê-las com outras pessoas.

Vieram os dias seguintes: o tio o levou ao rodeio; a tia, à missa na matriz. O tio ao boteco. A tia ao mercado. O tio ao banco. A tia ao correio. E, assim, em emoções inéditas, ele ia tateando a cidade, uma vez, duas, tantas, e, em cada uma, afundava mais as suas raízes, espalhando-se, maior dentro dele mesmo.

Quando estava para se entediar, o tio aparecia com uns casos engraçados. O primo pegava outro livro, proibido, *Viu só?* O cachorro saltava sobre as suas coxas. Um pássaro inquieto pululava entre os galhos das laranjeiras.

Nesse renovar-se de coisas desconhecidas que, no devagar-rápido do tempo, mostravam-se para que ele as conhecesse, o menino não pensava no instante de voltar, mas no instante que era, vivendo-o com os primos.

Mas, então, quando já se sentia todo dali, como uma árvore, veio o telefonema. Era tempo de voltar, a tia avisou. O menino estremeceu. Povoava-se de rugidos, embora continuasse silencioso, e ele a mirava, à espera de uma ordem: *Amanhã, seu pai vem te buscar!*

E veio.

O dia se abriu, novo, para outras verdades. O menino acordou, ainda escuro. Tomou o café com os primos, o tio fazendo suas graças à mesa. A tia o olhava aos poucos, devia saber o que estava acontecendo: ele se despedia de tudo ali.

O pai chegou, rodeado de sol. O menino não se reanimou ao vê-lo. Não entendia seus próprios sentimentos. Nem queria. Entrou no carro. Acenou para todos à porta da casa. Ele novamente se partia...

Tinha sido bom, como a mãe dissera. A mãe conhecia a etapa das coisas, de rejeitá-las primeiro para as querer muito, depois de vividas. E o pai, o pai só dirigia, quieto. Ele tinha razão, sobre o mundo, lá fora, lá longe... Mas o mundo também era tão perto, o mundo era ali dentro dele, menino, onde pulsavam, como um coração, as novas companhias.

Só uma corrida

Ele se sentou aí, no banco de trás, bem no canto, encostado à porta, na posição em que você está, e quando o passageiro se acomoda assim, sei que não está pra conversa, procuro não me intrometer, eu sempre digo, *É só uma corrida*, melhor que seja confortável, trajeto curto ou longo, o que importa é a gente fazer a viagem em paz. Pra que complicar? É só uma corrida, daqui até ali, de um bairro ao outro…, mas naquela hora é tudo o que temos, a nossa vida, por isso eu gosto de manter o táxi limpo, dar atenção ao cliente, dirigir com cautela, já basta o que temos de enfrentar: desvio, blitz, congestionamento… É só uma corrida, que seja boa pra todo mundo… Ele entrou e disse, *Congonhas, por favor!*, eu perguntei, *O senhor tem preferência por algum caminho?*, ele respondeu, *Não, vai por onde você achar melhor*, eu falei, *Tudo bem!*, aquela hora não tinha saída mesmo, era pegar a 23 de Maio, entrar na procissão de carros e torcer pra Rubem Berta andar. Devia ser seis da tarde, eu fui guiando devagar, no meu normal, um olho lá na frente, outro no retrovisor pra ver os motoqueiros que vinham costurando, e como era horário de verão, não tinha escurecido ainda, e foi aí, num relance, ao conferir o trânsito lá atrás, que eu percebi que ele estava chorando. Olha, eu entrei na praça há muitos anos, já fiz corrida com artistas, políticos, gringos...Aqui dentro já teve de tudo: pedido de casamento, parto, desmaio... Mas nunca um homem chorando. Fiquei pensando no que teria acontecido com ele. Será que tinha feito um mau negócio? Não, ninguém chora por isso... Será que estava cheio de dívidas e não tinha como pagar? Não, quem não tem dívidas hoje em dia? Será que estava fugindo com aquela maleta? Talvez estivesse doente, com dor, às vezes o corpo não aguenta mesmo... E qual o problema de chorar? Nascemos assim, não é?! Talvez tivesse levado um fora, não de uma fulana qualquer, mas da mulher da sua vida... Quem sabe? Ele chorava em silêncio, com dignidade, secando os olhos, assim, com a mão. É provável que tivesse perdido uma pessoa querida, que nunca mais poderia abraçar, a esposa, companheira fiel, seu único amor. Ou um irmão, um irmão que ele não via há tempos, com quem brigara, e nunca mais tinham se falado, pra se perdoar, você sabe, é só uma corrida, uma corrida não dá tempo pra nada. Não, não, devia ser algo mais triste, uma perda maior, dessas que arrancam a vontade de viver, um filho, um filho pequeno, que tinha tudo pra rodar com ele pelo mundo, um menino que era a sua cara, mas que, sabe-se lá por quê, nascera com uma doença incurável. Pior:

um filho que se afogara, perdendo a chance de aprender muitas coisas com ele, um garoto, uma corrida curta demais... Eu ia ligar o rádio, perguntar se precisava de algo, mas fiquei quieto, em respeito. E, aí, sem poder conversar, ou ouvir as notícias, me vi pensando na vida, a gente passa o dia no trânsito, esquece que tem uma história... Lembrei de minha infância no interior, em Cravinhos, cidade cercada de fazendinhas de café, o começo da minha viagem; lembrei do meu pai, que morreu num acidente, justo quando ia cumprir a promessa de me levar em Ribeirão Preto num jogo do Comercial. A família se reunia no domingo pra macarronada na casa da avó, eu adorava ficar na varanda no meio dos adultos, ouvindo os casos, o Tor pulando nas minhas pernas e abanando o rabo, meu irmão me fazendo uma pipa, uma calmaria aquele tempo, tudo era devagar... E aí, como quem sai de uma rua estreita e desemboca numa avenida, eu me lembrei da Maria Cândida, uma menina da capital que viera passar umas férias na casa da tia, vizinha nossa, foi paixão no ato, uma coisa louca, mas eu sem coragem de me declarar... Até que uma noite, num bailinho, eu dancei de rosto colado com ela... Depois passeamos de mãos dadas, uma lua linda no céu, a nossa primeira vez... As férias acabaram e a Maria Cândida se foi. Cresci. Acabei vindo pra cá, motorista de caminhão, ônibus, van escolar. Casei. Minha mulher é uma pessoa muito boa, passamos uns pedaços difíceis, mas a gente se gosta, não fosse ela eu não teria comprado esse táxi. Temos duas filhas, vão crescendo com saúde, não posso reclamar, não... Pois outra noite levei uma senhora, com uma criança de colo que vomitava, direto pro Hospital das Clínicas, eu pisava fundo, e aí ela disse que tinha pouco dinheiro, *O senhor para quando o taxímetro marcar vinte reais*, e eu falei, *Não, minha senhora, pelo amor de Deus, não me custa nada*, imagine se eu ia deixar uma senhora no meio do caminho com uma criança doente, era só uma corrida, não ia me fazer falta... Quando parei na frente do pronto-socorro iluminado, e ela saiu apressada, *Deus lhe pague, moço!*, eu levei o maior susto: era a Maria Cândida. A Maria Cândida. Envelhecera. Quem não envelhece? Eu prefiro dizer que é a vida deixando em nós a sua passagem, o que é uma bênção, você não acha?, uma corrida mais longa... Ela continuava bonita. Eu nem disse nada, não era hora de me apresentar, mas fiquei aliviado pela ajuda que pude dar. Voltei lá no dia seguinte, perguntei por ela, ninguém sabia. É assim: a gente vai se desencontrando por esses caminhos. Acena pra uma pessoa aqui, buzina pra outra lá, fica uns tempos sem ver, parece que nem vivemos na mesma cidade; mas, de repente, do nada, a gente se reencontra numa avenida, num posto de gasolina. O dia está ganho, compensa tudo! O trânsito, eu acho, o trânsito é um mistério... Olhei pelo espelho e o passageiro continuava chorando, de mansinho, uma garoa nos olhos; aliás, quando vim pra cá, São Paulo era a terra da garoa, hoje quase nem chove mais... E, quando chove, é enchente na certa. Mas aí eu percebi que ele também não era daqui, a gente se reconhece, sabe, não dá pra esconder que esse não é o nosso mundo... A corrida era pra *Congonhas*, então eu tive certeza, ele estava indo embora, ia pegar o seu voo, voltar pra casa, era o fim da viagem, retornava com o coração dolorido, a saudade já machucando... Sim, era isso. E é o que eu mais vejo no meu trabalho, pessoas partindo, o tempo todo, aeroporto, rodoviária, hospital... Aí eu continuei a lembrar da Maria Cândida (queria ter encontrado ela outra vez, só pra conversar, andamos um trechinho juntos!), e lembrei das meninas lá em casa me esperando, eu sempre chego quando elas já estão dormindo, lembrei do meu pai me ensinando a jogar bola (deu uma vontade de ver ele), lembrei da manhã em que tivemos de sacrificar o Tor, umas cenas tristes, mas no meio delas, de repente, surgiam umas alegrias, como a gente num sinal fechado vendo uma moça bonita atravessar a rua, ou uma criança andando de bicicleta no parque, um casal de mãos dadas acenando, sempre é bom começar uma corrida assim – porque depois de ver carros o dia inteiro, são só essas imagens que ficam. Lembrei de outras alegrias, o último aniversário da mãe, com todos os parentes ao redor, até meu irmão veio do estrangeiro; lembrei da lua naquela noite em Cravinhos com a Maria Cândida; lembrei do dia em que o Comercial ganhou do Santos (o Santos tinha um timaço na época!); lembrei de outras coisas boas, que eu tinha me esquecido, e só de lembrar eu me senti um homem de sorte, era tudo o que eu era naquela hora... E eu me senti feliz e agradecido por estar ali, fazendo a corrida com aquele passageiro..., claro, era só uma corrida, mas era uma coisa grande pra mim, eu estava compreendendo, e se o motorista do carro da frente parasse no farol vermelho e olhasse pelo retrovisor, ele ia ver também a garoa nos meus olhos.

Este livro foi composto na tipologia Minion Pro, em corpo
12,5/16,5, e impresso em papel off-white 90g/m2,
no Sistema Cameron da Divisão Gráfica
da Distribuidora Record.